Günter Timm

Ik segg Di wat . . .

Quickborn-Verlag

Umschlagillustration: Christel Hudemann, Hamburg
Gesamtherstellung: Clausen & Bosse GmbH, Leck
Der Umwelt zuliebe
Auf chlorfrei gebleichtem Papier gedruckt
Printed in Germany

Inhalt

... denn mußt du to Foot gohn

Fröher in de Strotenbohn weern överall Emailleschiller mit Anwiesungen op: »Die Unterhaltung mit dem Fahrer ist untersagt«, oder »zur Mitte durchgehen« un nu hool di fast! »Beim Niesen, Husten, Spucken bediene dich des Taschentuches!«
Irgendwann weern disse Schiller verschwunn', hebbt se woll begrepen, datt man moderne Minschen mit Maneer'n sowat nich segg'n mutt!
Ik lach' mi scheef, wat dorbi rutkoom is, sühst du jeden Dag, wenn du mit de Bohn fohrst!
Allerdings, wenn du Utduur hest un gedüllig büst, kann sien, datt du nochmol 'n Minschen bemöten deist, de gode Maneer'n hett. Ik meen, een', de sik bi't Hosten de Hand vör 'n Mund un bi't Niesen een Taschendook vör de Nees hölt. Nu kiek man nich so scheef, dat is al lang' nich mehr sölvstverständlich.
Worüm glöövst du, datt dor nich mehr, so as fröher, Schiller hangt: »Beim Husten, Niesen und Spucken, bediene dich des Taschentuches!«
Worüm woll, hä? Wiel sik dor sowieso keen Swien mehr no richten deit.
Wenn du in Winter bang' büst, datt disse unsche-

neerten Rotzers di ansteekt, denn mußt du di gegen Grippe impfen loten oder to Foot gohn, so eenfach is dat.
Wenn sik een' unscheneert de Hoor kämmt un di fleegt de Schuppen man so üm de Ohr'n, datt du denkst, dat sneet, sölvst schuld, wat mußt du di ok utgerekent dor hensetten! Dat gifft noog Stohplätze.
Nu fehlt egentlich blots noch, datt du di doröver argerst, wenn meistens dree Mann mit in dien Zeitung leest, de du betohlt hest, denn is di nämlich överhaupt nich mehr to helpen. Denn kannst' di man ok noch glieks doröver opregen, datt du för all de Swattfohrers mitbetohl'n mußt.
Wenn di een' ansnackt un froogt mit wat för'n Bohn he no Poppenbüttel fohr'n mutt, denn denkst du doch woll nich, datt he oder se dorbi den Kaugummi ut'n Mund to nehm' hett, hä? Du hest se woll nich alle, schließlich hebbt wi nich blots free'e Marktwirtschaft, Rede- un Pressefreeheit, wi hebbt ok totole Benimmfreeheit. Unse Freeheit is grenzenlos.
Wenn di in de Bohn een' gegenöver sitt un di frech un unscheneert anglotzt, na un? Wenn di dat nich paßt, mußt du di annerwärts hensetten. Oder, wenn de gedankenlos in de Nees oder Ohr'n rümpuult un noher dat Baggergoot verzückt bekickt, dat paßt di ok al wedder nich, heff ik recht? Also, denn sett di woanners hen.
Wenn ener blang' di sitt oder steiht un Geräusche vun sik gifft, na du weeßt doch ... wenn de Minsch

so richtig satt is, gifft he männichmol Geräusche vun sik. Wenn di dat ok al wedder nich paßt, denn dörfst du nich mit de Bohn fohr'n, denn mußt du to Foot gohn, so eenfach is dat! Denn kann di bi't In- un Utstiegen ok kener den Rucksack an' Baffi hau'n. Du argerst di doch al, wenn du blots een' mit'n Rucksack sühst. Wenn sik ener schoomlos an alle Körperdele kratzen deit, denn flippst du doch al ut. Jüstso is dat, wenn een Minsch sowiet weg is mit sien Gedanken, denn kannst du nich vun em verlang', datt he de Hand vörhölt, wenn he dat Muul bit an de Ohr'n losritt, wiel he mööd is.

Wenn di een' gegenöver sitt, de Been övernanner sleit un sien schietigen Schöh' an dien Büx afwischt, büst du sölvst schuld, sett di doch woanners hen, oder bliev an de Döör stohn, wat mußt du ok sitten. Dat beten stohn warrst' jo woll noch afköön'.

Wenn du di denn doch unbedingt hensetten wullt un dor hett ener de Fööt op'n Sitz, denn segg' blots nix, de is nich verflicht de Fööt doltonehm'. De hett womöglich noch nichmol 'n Fohrkoort un dor meenst du, denn sall he sik wenigstens' anstännig hensetten!

Oh, oh, oh, ik bün övertüügt, datt du di sogor doröver argerst, wenn ener instiggt, de buten noch gau mit een' Tog sien Zigarett' dolsmöökt un binn' as 'n Walroß' 'n dicke Qualmwolk utstött, datt du de Hand vör Ogen nich mehr sühst. Dorbi is dat Smöken op de Bohnstiege al verboden. To'n Scheeflachen, keen Swien scheert sik doran.

Ik seh' dat al, du mußt noch 'n Barg lehr'n, mit disse Instellung büst du sowat vun out, outer geiht dat al gor nich mehr.
Nu wullt du natürlich ok noch weten, of dat ganze 'n Generatschoonsproblem is, oder of dat dörch alle Öllersklassen geiht. Dat harrst du di so dacht, dat krieg' man sölvst rut, sparr' man de Ogen mol 'n beten op un tier di nich so af. Wenn di in de S-Bohn wieder nix passeert denn büst du noch goot bedeent.

Een linke Hand …

… is al noog, over wenn du twee dorvun hest, un mien Fro behaupt' ganz frech, datt dat bi mi de Fall is, denn tööfst du mit all' de lütten Reparatur'n, de in de Wohnung anfallt, so lang' as dat geiht.
Du findst ümmer wedder 'n Utreed, dat to verschuven, erst wenn 't gor nich mehr anners geiht, wenn in de ganze Wohnung blots noch een Lamp' brennt, blots de Woterhohn in de Köök noch funkschoneert, de Döörn all quitscht, dien Fro jedesmol, wenn se 'n Schuuf losmookt, den Griff in de Hand hett, jo denn … denn hölpt dat nix mehr, denn mußt du ran.
Mien letzten Urlaub is dor totol bi in de Grütt gohn. Dor harr sik soveel ansammelt, datt se de Mallorcaprospekte, de ik mit no Huus bröcht harr, kotthoorig in' Aschammer smeten hett. Dorbi keek se mi blots stief an un meen: »mehr bruuk ik jo woll nich to segg'n, oder?«
Nee, bruuk se nich, ik wüß' wat de Klock slogen harr.
Un denn füng' dat egentlich ok ganz harmlos an, dat klappt ganz goot.
An unsen ersten Urlaubsdag, morgens bi't Kaffee-

drinken meen se, ik sull nu man erstmol in de Stuuv dat Bild ophang'n, wat dor al so lang rümsteiht. Dat Bild is vun Swiegermodder, ik mag dat nich lieden. Ik also 'n Nogel in de Wand haut un Hurro, dat Bild hangt.
Erstes Erfolgserlevnis, blots ovends harrn wi keen Fernseh'n, blots Snee un Striemels op'n Bildschirm.
Annern Dag, as de Fernsehservice keem, stell' sik rut, dat Gerät is in Ordnung, over ik heff den Nogel dörch de Antennleitung haut. Wat dor los güng', as wi wedder alleen weer'n, kannst' di jo denken, vunwegen »kann keen Nogel in' Bund Stroh hau'n« un so wieder.
Den nächsten Vörmeddag worr ik afkommandeert, endlich de Glühbeer in de Boodstuuvlamp uttowesseln. Dorbi kunn ik jo woll nich veel twei moken, meen se. Dor harr se sik over gründlich verreekt.
Erstmol 'n Stohl hoolt, de Glaskuppel vun de Lamp afdreiht un de kaputte Beer rut. De Kuppel hett se bi de Gelegenheit glieks afwuschen. De nee'e Beer rindreiht, dorto mutt ik nu allerdings noch segg'n, in de linke Hand harr ik al de reine Kuppel … un genau de is mi denn vör Schreck dolfull'n, as mit'n Mol dat Licht angüng'. Schrumm, schrumm, op de Kant' vun de Boodwann', de hett nu 'n Kinken in den Emallje, groot as'n Fievmarkstück.
Sowat as ik dörf gor nich free rümlopen, sowat höört achter Slott un Riegel! Disse Drohungen

sünd noch mit dat Harmloseste, wat ik mi gefall'n loten mutt, wann un wo se mi ok övern Weg löppt … un se löppt mi oft övern Weg.
In de Köök hangt 'n Klock an de Wand, beter geseggt, hung' an de Wand, elektrisch, mit Batterie.
De Batterie is al lang' leddig, de Klock steiht, over de nee'e Batterie liggt al lang' op' Kökenschapp. Jedesmol wenn se doran vörbikümmt un se kümmt oft doran vorbi, denn knurrt se: »wanneer de Batterie nochmol utwesselt warrt, bevör de nee'e vun't ligg'n ok leddig is?«
So heff ik mi denn an een vun de ersten Urlaubsdoog doröver hermookt, morgens, glieks achter't Kaffeedrinken. Vörsichtig de Klock vun de Wand nohm, de ole Batterie rut, de nee'e rin, afrutscht, den groten Wieser afbroken, dormit weer de Klock in dutt. Ik heff erst noch överleggt, of ik se wedder an de Wand mogeln un mi dumm stell'n sall, over ik heff ehr dat denn doch lever vertellt. Ovends, as Derrik leep, heff ik ehr dat bipuult. Datt ik af sofort Bildzeitung verköpen sall, üm den Schoden to begrenzen, is nu de nee'ste Trick, den se sik utdacht hett.
Een Vörmeddag sünd wi mit unsen Hackenporsche ünnerwegens no Aldi, as uns ener mit' Fohrrad överhoolt. Dat Rad quietscht as so'n ole Stalldöör. Ik segg' blots so ganz bileifig: »Mit dat ole Klappergestell is de bestimmt vör de Währungsreform al to'n Hamstern fohrt.«
Junge, Junge, dor harrst' se mol hoör'n sullt: »Ik

an dien Stee' wörr mi nich över annere ophool'n, kannst' di jo mol mien Rad in Keller ankieken, dat quietscht nich blots, dat is levensgefährlich. Over för sowat is de Herr sik jo to fein.«
Dat End' vun't Leed, ok över ehr Fohrrad heff ik mi hermookt mit dat Ergeevnis, datt wi nächstes Johr doch wedder no Mallorca fohrt. Dat warrt veel billiger as'n Urlaub to Huus, seggt se. Un denn hett se ok noch seggt: »Wenn du ok blots mit een vun dien beiden linken Hann', hier in't Huus noch eenmol wat anfoten deist, denn kannst' du wat beleven.«
Sühstwoll, heff ik dat nich fein henkregen?!

Ik goh lever mit!

Rud'l-Swoger froog' mi nülichst: »Segg' mol, nörgelt dien Fro ok ümmer mit di rüm, datt du nich mitkümmst, wenn se sik nee'e Kledoosch köpen will?«
»Nee«, see ik, »dor kann ik nich över klogen, de will mi gor nich dorbi hebb'n.«
»Nanu, sowat heff ik ok noch nich höört, mien quarkt ewig mit mi rüm, vunwegen ›in Stich loten wenn't dorop ankümmt‹ un ›totoles Desintresse‹, ›all'ns mutt man alleen moken‹, so geiht dat wenn se sik 'n Kleed oder sowat köpen will. Un worüm will dien' di nich dorbi hebb'n?«
»Ik kiek ümmer as erstes no'n Pries, behaupt' se. Se seggt, se hett al Hemmungen, blots wat in de Hand to nehm', wiel ik glieks no dat Priesschild lang'. Wenn ik mi gor nich mehr anners to helpen weet, seggt se, denn segg' ik eenfach, dat gefallt mi nich. So sünd de Froonslüüd, erst wöllt se weten, of di dat gefallt un wenn du seggst, »nee«, denn is dat ok wedder nich recht, denn gönnst du ehr dat blots nich.
Dorbi meent man dat doch blots goot, datt man se nich mit wat losrenn' lett, wat överhaupt nich to ehr paßt.

Vör'n Tietlang mol, keem ik doröver to, as se jüst vör'n Spegel stünn' un sik tofreden bekieken dee.
»Junge, Junge«, see ik, »wat hest du di opkleit, woneem sallst du denn koom?«
»Ik will blots 'n beten in de Stadt rümsnüffeln, wieder nix.«
Dat »rümsnüffeln« weer de Utlöser. Wenn se vun rümsnüffeln snackt, denn bedüüt dat Geld utgeven, denn kümmt se ovends mit'n poor grote Tüten wedder no Huus. Also Gefahr erkannt, Gefahr gebannt.
»Ik koom mit«, see ik, »ik heff sowieso wieder nix vör.«
Kloor hett se mit alle Tricks versöcht mi dorvun aftobring'n, over ik heff ehr vörsnackt, wenn ik glieks dorbi bün, denn bruukt se noher nich ümtotuschen, wenn mi dat nich gefallt. Dat hett den Utslag geven.
»Na goot«, meen se, »mienwegen, over nich ümmer dormang quasseln, wenn ik noch an't utsöken bün.«
Heff ik denn ok nich doon. Ik heff blots in jeden Loden no fiev Minuten seggt: »Soveel heff ik al sehn, hier findst du garanteert nix.«
Glieks in den ersten Loden hett de Verköperin sik dat mit ehr utschänd'. Mien Fro see: »Kann ich das Kleid da im Schaufenster mal anprobieren?«
»Aber doch nicht im Schaufenster, meine Dame, dafür haben wir doch die Kabinen.«

Vergrillt dreiht se sik üm, mien Fro, un zischelt mi to: »Komm, rut hier, in so'n Loden kööp ik nich. 'Loot mi doch vun so'n Göör nich vun de Siet anquatschen.«
Ik dach' al, dormit weer dat för hüüt erledigt, over harrst' di dacht, dat güng' noch wieder.
Kloor heff ik in jeden Loden as erstes de Priese ankeken, wenn se sik wat utsöcht hett, klammheemlich, versteiht sik. Richtig Gliekgewichtsstörungen heff ik dorbi kregen. Erst heff ik dat noch dormit versöcht, datt ik seggt heff: »Dorför büst du doch al to oolt.«
Junge, Junge, dor harr ik wat lospett: »Of ik se noch alle heff«, hett se lospoltert, dat müß' utgerekent ik segg'n, ik, de satte dree Johr öller is as se.
Endgültig verspeelt harr ik, as se sik bi Beutin 'n Kleed utsöcht harr, datt mi veel to düür weer. Dorför harr ik over een funn', dat schöön billig weer: Sönnerangebot. De Verköperin mookt 'n suur Gesicht, dat blots noch vun mien Fro ehr överdropen worr. Endlich see se: »Das ist nur noch in Größe 48 vorrätig.«
»Na un«, see ik, »dor wast se seker noch rin.«
Dormit weer de Dag lopen, se is mit de U-Bohn no Huus fohrt un ik mit de S-Bohn.
Den ganzen Ovend hett se mit mi rümmuult, vunwegen nix gönn' un so. Vun Schutt un Asche rümlopen, hett se ok rümtüünt. Ümmer datsölve, wenn ik dorbi bün, klappt gor nix. In een Punkt harr ik allerdings recht behool'n, schimp' se mit

mi rüm, wenn ik dorbi bün, bruukt se noher nix ümtotuschen, wiel se gor nich erst wat köfft hett.

»Na sühstwoll«, dach ik, »dormit is erstmol wedder 'n poor Doog Roh'. Bit dorhen denk' ik mi wat Nee's ut.«

Dienst am Kunden

Ümsünst is hüüttodoogs gor nix mehr, nichmol mehr dat Allermenschlichste.
Du glöövst doch nich, datt du noch irgendwo för twintig Penn' pinkeln gohn kannst, so as fröher? Wenn du överhaupt noch 'n Lokus findst, denn hest du al söß Richtige oder Bingo, seggt man jo ok. Höchstens in't Koophuus hebbt se dissen Service noch.
Dat heet, Service kann man dorto ok al lang' nich mehr segg'n ... fröher weer dat mol ümsünst. Dienst am Kunden.
Over dat is'n Fremdwort, Dienst am Kunden gifft dat nich mehr. Wenn du meenst, du hest in so'n Loden för hunnert Mark oder mehr inköfft, denn köönt se di dorför wenigstens ümsünst op' Klo loten, denn hest' di over sneden.
Goh' dor man mol hen! Dor sitt een' in witten Kittel rüm. Wenn du rinkümmst warrt he ieverig, fummelt, putzt un wischt rüm, wo't gor nix to fummeln, putzen, oder wischen gifft. Over denn erst, wenn du wedder rutkümmst, denn ramentert de erst rüm, kann ik di segg'n un ümmer genau dor, woneem du in' de gang' büst. Dormit du man blots nich so eenfach an den Disch vörbigeihst, an

den Disch mit den Teller … den Teller mit dat Geld. Gediegen, sölvst wenn du morgens as erster dorin geihst, is de Teller al vull Geld. Präjüdizieren seggt man dorto, dat heet, no dat wat dor op den Teller liggt, sallst du di richten, versteihst'?
Glööv man blots nich, datt dor Groschens op den Teller liegt oder Fofftigpennstücke, dat harrst' di dacht. Ik wunner mi al lang', datt dor nich Tein- oder Twintigmarkschiens liggen doot.
Nu gifft dat överall grundverschedene Minschen op de Welt un so ok bi Karstadt oder Hertie op'n Lokus. Artige, de sik ümmer schöön an de Vörschriften hoolt, annere, de so in Druck weern un noher al vör luder Dankborkeit fiev Mark op den Teller smiet.
Over denn koomt de Schlitzohr'n – to de gehöör ik ok –, over nich wiedervertell'n.
Disse Spitzboben hebbt sik sorgfältig op ehr'n Afgang vörbereit'. Al bevör se ringohn sünd, in dat Kabinett, hebbt se all'ns wat se an Penn- un Tweepennstücken hebbt, ut ehr Portmonee tosoomkratzt un denn, bi't Rutgohn, mit Karacho, schrattaramm, op den Teller dormit. Dat höört sik orig no wat an, wenn dor fofftein oder twintig Pennstücke mit eenmol op den Teller klötert, wat segg' ik? Klötert, dat scheppert. Sühstwoll, so dennig hett so'n Schlitzohr de Lokusgebühr vun twintig Penn' över Johrteinte oprecht erhool'n. So kann man ok de Inflatschoon bekämpfen.
Over nu noch to de annere Kategorie vun Schlitzohr'n. De Bambusen nützt de Hauptverkehrstiet

ut, dat heet, wenn dor gliektiedig dree, veer Lüüd an't Hannwaschen un afdrögen sünd, denn kann de mit den witten Kittel gor nich so gau kieken,woans sik dor so'n Zechpreller an den Teller vörbimogelt.

Soveel loot di geseggt sien, as Eenzelgänger hest du slechte Korten. Egool woans du dat mookst, verdrückst' di eenfach so, krummpuckelig mit Gesicht no de Eer, denn kann sien, datt he di achteranröppt: »Öh, öh, wullt du di nich de Hann' waschen?«

Wascht du di over vörschriftsmäßig de Hann', denn fummelt de so lang' üm di rüm, langt di Papier to'n Afdrögen, böst di de Jack af un wat nich sünst noch all'ns, tschä, dor kannst' di doch nich mehr eenfach so verdrücken.

Wenn di over doch de Düvel ritt' un du haust stingellingpief af, denn mußt du dormit reken, datt he di luuthals »Dankeschöön« achteran gröhlt.

Wat heff' ik di seggt?

De menschlichsten Angewohnheiten köönt hüüttodoogs ganz schöön problematisch warrn.

Designerinterieur

Wat hest du egentlich för Möbel in dien Livingroom?
Och so, du weeßt noch nichmol wat'n Livingroom is, harr ik mi jo denken kunnt. Bi di heet dat noch Wohnstuuv, naja, denn kann ik mi jo al denken, wat du dorbinn' stohn hest.
Couchgarnitur, dreisitziges Sofa mit Clubsessel, Wohnzimmerschrank altdeutsch, echt Eiche furniert, heff ik recht? Na sühstwoll, heff ik mi doch dacht. Vun Designermöbel noch nie wat höört, hä? Nu warrt dat over bilütten Tiet!
Överall scheet de Möbelstudios man so ut de Eer, un du köffst dien Klamotten noch in' Möbelloden. Halstenbek, Möbel Richter, hä? Oder womöglich IKEA, oh, oh, oh! Vertell' dat blots keen' un koom blots nich op de Idee, Besöök intoloden, de loopt glieks wedder rut. De kriegt 'n Schock un du kümmst wegen Körperverletzung vör Gericht.
Nee, nee, so geiht dat nu wohrhaftig nich mehr. Erstmol mußt du di all disse ooltmoodschen Begriffe afgewöhn', Sloopstuuv, Köök un so wieder. Dor woneem du slöppst, dat is de Sleepingroom, dat seggt doch al dat Wort. Jüstso is dat mit den

Livingroom un koom blots nich op de Idee to dien Hygienekabinett Boodstuuv to segg'n.
Also, wenn dat nu sowiet kloor is, denn warrst du jo woll ok begriepen, datt du in een' Livingroom keen gewöhnliche Polstergarnitur rinstell'n kannst. Also paß' op, nu geihst du mol in so'n moder'n Designerloden un kickst di an wat hüüt IN is, wat up to date is.
Oh Gott, ik seh' dat al an dien Gesicht, wat up to date is weeßt du ok al wedder nich. Dat heet soveel as voll im Trend oder so, kloor?
Na, goot! So, un in disse moder'n Interieur-Studios warrst du mol seh'n, wat hüüt anliggt. Nu segg' blots nich, datt du ok al wedder nich weeßt wat Interieur is. Oh Mann, oh Mann, dat warrt jo ümmer slimmer, wo leevst du blots?
Interieur is all'ns wat in so'n modern Livingroom ringehöört. De Möbel sünd so, datt du 'n Disch nich vun Schrank ünnerscheden kannst. Wenn du wat to'n Sitten söchst, kann jüst so goot sien, datt dat to'n Ligg'n is, dat mußt du utprobeer'n. Wenn du bit jetzt ümmer blots op'n Stohl oder in' Sessel seten hest, kümmst du dormit sowieso nich glieks kloor. Over du sallst dor jo ok nich in sitten, du sallst dat jo in dien Livingroom rinstell'n.
Übrigens, wenn du in so'n Studio rinkümmst un du denkst du hest di verlopen un büst in de Campingavdelung land', bliev ganz ruhig, du büst richtig. Du büst ok nich in een Galerie land', in de ener sien Bastelee 'n ut Drohtverhau' un fransige Plünn' utstellt hett. All'ns wat du sühst sünd rich-

tige Gebruuksgegenstänn'. Du mußt blots lang' genoog henkieken dormit du begrippst wat dat sien sall.
Wat du sünst noch all'ns bruukst, wenn du IN sien wullt, findst du ok in disse Studios. Modernes Geschirr to Bispeel, over dor geiht dat erst richtig los, dor kannst du överhaupt nix mehr mit anfang'. Ik meen, so as ik dat hier so seh', mit di.
Kloor köst' dat all'ns 'n beten, over dat is di dat jo woll wert, oder? För een so'n överkandidelte Schöttel, de du erst no dree Stünn' ankieken, vun alle Sieden, as Schöttel erkennst, betohlst du soveel as normolerwies för'n ganzes Eetservice. Over dorför hest du denn ok wat för't Leven.
Besönners phantasievull sünd disse moder'n Designers allerdings nich. Heff ik ok glieks to mien Fro seggt, de hebbt ut Erfohrung nix lehrt. Wat geiht to'n Bispeel bi't Afwaschen ümmer as erstes in de grütt? Na? Kloor, bi de Kaffeekann de Piep oder de Henkel, bi de Tassen ok de Henkels. Ik heff bi al dit moderne, överkandidelte Geschirr nich een Tass' oder Kaffeekann' seh'n, wo de Henkel oder de Piep no binn' is, dormit man se nich mehr so licht afhau'n kann. Over segg' man nix, Kaffee warrt ok gor nich mehr ut Tassen drunken, den drinkt man nu ut grote dicke Hunnschötteln, ohne Henkel, de man in beide Hann' nimmt. Na sühstwoll, kannst' also ok keen Henkel mehr af hau'n.
Kaffeekann', so as du se kennst, gifft dat ok nich mehr. Un ok all'ns annere süht nich mehr so ut as

fröher, bi all'ns bruukst du twee bit dree Stünn', bit du spitz hest, wat dat sien sall. Du kannst frogen, over dat mook man mol, woans du denn ankeken warrst. De hoolt glatt de Polizei.
Ik kann di hier nich all'ns verkloorn, wat dat sünst noch gifft. Blots soveel, wenn du hüüt IN sien wullt, denn dörfst du niemols wat köpen, wo du op'n ersten Blick erkennst, wat dat is. Wenn du erst dree Stünn' rümrätseln mußt wat dat woll sien kunn, denn is dat richtig, denn is dat richtiges Designerinterieur.
Sofort köpen!

Erpressbor

Mien Auto is al recht 'n poor Johr oolt, noch nich ganz 'n Ooldtimer over ok al lang' keen Jungtimer mehr.
Over ik bün een Gewohnheitstier, de moder'n Autos mag ik sowieso nich lieden un mien Wogen deit dat noch. He hett mi ümmer goot behannelt un Nücken hett he egentlich ok nie hatt. Dat heet, bit op eenmol. Vör'n poor Weken, dor kreeg he mit eenmol 'n Rappel. Dat Oos wull nich anspring'n, dat güng 'n poor Doog achternanner. Ümmer, jüst even bevör ik den Afschleepdeenst anropen wull, hett he sik dat denn doch överleggt.
Een Morgen bün ik so vergrillt worrn, datt ik to mien Fro seggt heff: »Nu heff ik de Nees vull, ik kiek mi dat nich länger mit an. De Schietkoor kümmt weg, ik roop noher glieks 'n Höker an un froog wat wi dorför kriegt.«
Jungedi, dat hett seten. Op'n Slag sprung' he an. Richtig vergnöögt höör sik dat an, gor nich so mißmodig as sünst. Wat sall ik di segg'n, vun dor an hett he nich eenmol mehr muult. Wenn ik mi morgens rinsett', heff ik noch gor nich den Slötel rinsteken, dor springt he al an.
Den heff ik de Nücken jedenfalls utdreven, nu

heff ik em in de Hand. Güstern keem ik no de Garosch dol, as ik üm de Eck keem, blinzel he mi al vergnöögt an, so mit de Schienwerfers, weeßt' woll. He steiht nämlich mit'n Rüüch gegen de Wand, so köönt wi uns morgens ümmer glieks in't Gesicht kieken. He kickt nu veel fründlicher as sünst. De Drohung hett doch bannig holpen, harr ik man al lang' mol moken sullt.
Güstern jedenfalls, ik harr mi jüst rinsett un wull den Zündslötel ümdreih'n, dor see he mit'n Mol … jo, de Wogen, dor kickst, hä? Seggt he doch glatt: »Tööf nochmol 'n Ogenblick bevör du losfohrst.«
Ik lehn' mi torüch un segg': »Wat is denn, wullt du al wedder nich anspring'n, oder wat?«
»Nee, nee, dat is vörbi, ik wull di blots mol wat frogen. Segg' mol weer dat dien Ernst nülichst, datt du mi eenfach so afstöten wullst, blots wiel ik ok nich mehr de Jüngste bün un hier un dor mol so'n beten dat Rieten heff? Du warrst ok nich jünger, dat glööv man blots nich. Dat weer nich nett vun di, no all de Johr'n, eenfach, schwupp di wupp op'n Schrott, blots wiel man mol nich anspringt.
Hest du denn vergeten wat wi för feine Tieden tosoom hatt hebbt? woans de Lüüd keken hebbt, as ik noch jung weer, hä? Överall woneem du mit mi henkeemst hebbt de Lüüd di bewunnert. Woneem sünd wi överall tosoom west, all de schöön' Urlaubsfohrten, Sponien, Italien, hest dat all'ns vergeten?«
»Nee, nee, heff ik nich vergeten, over ik mutt ok 'n

beten mit de Tiet gohn. Du büst nu mol nich mehr dat modernste un op'n nee'sten technischen Stand büst du al lang' nich mehr. Een Auto mutt funktschoneer'n, dat mutt toverlässig sien.«

»Heff ik di al eenmol in Stich loten, hä? Ümmer heff ik di heel wedder no Huus bröcht. Weeßt' dat noch ... domols de Wiehnachtsfier, as du mit de Ollsch vun dien Chef rümschäkert hest? Ok vergeten, wat?

Dor harrst du noher ganz schöön een to foten. Ik heff di seker no Huus bröcht, du kunnst doch gor nich mehr grood kieken. Over wenn di so nich bitokoom is, ik kann ok anners.

Weeßt' noch, dat ene Mol, as wi ünnerwegens de Ische opggobelt hebbt? Kannst' di entsinn', woans du mit de rümbalzt un antichambreert hest? Mein lieber Schalli, dat weer over an de Grenz wat meenst', wenn ik dien Fro dat vertell!? Oder de Överkandidelte, de du hier mol binn' harrst. Na, du weeßt al, de mit de blonn' Hoor un de hochstöckeligen Schöh', bi de man boven so schöön rinkieken kunn! Hest' dat vergeten?

Ik meen man blots! Wenn du mol wedder op dumme Gedanken kümmst ... afstöten, in Zahlung geven un so, vörher snack ik noch 'n poor Regen mit dien Fro un dat warrt di gor nich goot bekoom'.«

»Na ja«, see ik,»denn weet wi jo nu, wi sünd beide erpreßbor.«

Dat bedüüt ik mutt mien Auto fohr'n bit dat utnannerfallt.

»Morgenstund' hat Gold im Mund'«

Ik lach' mi scheef, sowat vun dummerhaftigen Snack. Schöne Morgenstund', wenn morgens Klock fiev de Wecker rasselt, woneem dor woll dat Gold is, in disse Morgenstund'? Höchstens bi di sölvst, wenn du Goldtehn in' Mund hest. Wenn du noch totol mööd un gnegellig no de Boodstuuv dammelst un kickst bi't Raseer'n dien trostloses Gesicht an, du överleggst woans du di glieks enigermoten dörch den Verkehr mogeln sallst. Un denn denkst du an all den Schiet', de di hüüt in de Firma wedder bevörsteiht. Wenn du blots an dien Schrievdischgegenöver, den dämöligen Paustian denkst, denn kunnst' al wedder to Bett gohn. De blöde Koh in't Vörzimmer, de överkandidelte arrogante Knesebek, anmoolt as'n Graffitibesmeerten Brüchenpieler, de Ollsch bringt ok nich mehr Licht in den trostlosen Morgen. Vun den Chef sölvst gor nich erst to snacken. Kannst' mi nu mol vertell'n, woneem hier dat Gold in de Morgenstund' is, hä?
Over dormit geevt sik disse Vergoldungspoeten noch nich tofreden: »Der frühe Vogel fängt den Wurm«, dat is ok so'n Tüünkroom. Dat hett sik seker so'n Idiot utdacht, de morgens vör Klock

tein nich opsteiht. So een kann jo sowat dusseliges segg'n, för den is Klock tein jo »early in the Morning«. So een hett jo keen Ohnung dorvun, wenn di morgens Klock fiev de Wecker hochscheucht. Villicht jüst ut'n schöon Droom mit de lütte Apthekerin, de di ümmer so anblinzelt, wenn du dien Blootdrucktabletten hoolst. Dor sall ener an dat Gold in de Morgenstund' glöven, bekloppt sowat.
Wat dat mit den fröhen Vogel, de den Worm fangt, för'n hirnrissigen Narrnkroom is, heff ik as Kind al lehrt. Wenn ik to Huus morgens vör't Kaffeedrinken al fleit heff, denn hett se schimpt, mien Modder: »Vogels de morgens fröh al fleit, de hoolt meddags de Katt.«
Wat stimmt denn hier nu egentlich?
Jeder plappert so'n Tweernkroom no un gifft dat, mit'n Wiesfinger in de Luft, den nächsten wieder: »Morgens um sieben ist die Welt noch in Ordnung.«
Kann mi mol ener segg'n, wat dor in Ordnung is, wenn du morgens Klock söven vun dien Fro ut Bett scheucht warrst, Sünndag fröh, un as erstes joogt se di no de Köök, wo de Afwäsche vun den ganzen Sünnovend noch rümsteiht. Twüschendörch gau in' Stohn een Tass' Kaffee un denn hest' al 'n Stoffsuger in de Hand. De Döörn mööt ok afseept warrn hüüt un de Finster. Fröhschoppen kannst' ok vergeten hüüt, segg' mol wat hett se egentlich de ganze Week mookt?
Nu vertell' mi man mol woneem hier morgens Klock söven welche Welt noch in Ordnung ist!

Goh' mi doch af mit all dissen Spinnkroom. Wat heff ik mi vun Chefs oder annere Pünktlichkeitsfanotiker, wenn ik villicht jüst mol 'n poooor Minuten to loot koom bün, anhöörn müß!: »Fünf Minuten vor der Zeit ist des Soldaten Pünktlichkeit.«
»Idiot«, heff ik denn dacht. »Noch nie in mien Leven bün ik Soldot west.«
Oder mit de Könige hebbt se dat jo ok geern: »Pünktlichkeit ist die Höflichkeit der Könige.«
De sünd doch nich ganz goor, as wenn de al eenmol 'n Begegnung mit'n König hatt hebbt, üm dat fasttostell'n.
Glööv nu over nich, datt ik mit Sprichwörr överhaupt nix an' Hoot heff. Nee, nee, dat gifft enige, de mi goot gefallt: »Pünktlichkeit ist eine Zier, doch weiter kommst du ohne ihr.«
Oder »Koom ik hüüt nich, koom ik morgen!«
Wat ok goot is: »Wat du hüüt nich kannst besorgen, dat verschuuv' man ruhig op övermorgen.«
Koom nu blots nich op de Idee, datt ik ok mit Arbeit nix an' Hoot heff. Ik mag geern arbeiten, blots Sünndoogs un in de Week nich un in de Morgenstünn' erst recht nich, sühstwoll.

Pennschieter!

Mien Fro seggt, ik bün so ’n richtigen Nörgelbütel.
Morgens in de Boodstuuv geiht dat al los, wenn ik ehr de Tehnpastatuuv henhool un segg: »Wo mookst du dat blots, datt du dat Ding so verkrüppelst?«
Glieks heet dat, ik mecker un wenn ik ehr noher de Niveacremschachtel henhool un segg’: »Hier kann man wedder alle fiev Finger vun di seh’n«, denn heff ik wedder mol slecht slopen oder bün mit dat verkehrte Been ut Bett koom. Wat beteres fallt ehr dorto nich in. Pennschieter oder Arfenteller hett se ok al to mi seggt, over segg’ mol ehrlich, is dat nich veel appetitlicher een schöne, glatte Tehnpastatuuv in de Hand to nehm’.
Seep hett dat jo so an sik ümmer lütter to warrn, wenn se bruukt warrt. Wiel ik mi mit so lütte Fetzen nich de Hann’ waschen mag, back ik twee dorvun tosoom, denn is dat wedder handlich. Du kannst de Klock dorno stell’n, wenn se sik dat nächste Mol de Hann’ wuschen hett, liegt dor wedder twee Sepenreste. Hett se se wedder utnannerrammelt. Wenn ik denn wat segg’, bün ik wedder ’n Nörgelbütel: »Du bekommst die goldene

Ehrennadel für besondere Verdienste in Sachen Seifenresteverwertung«, geifert se denn.
In' Flur oder in de Boodstuuv dat Licht brenn' loten is ok so 'n Unort. Du kannst ehr dat nich bibring'. Se Arbeit in de Sloopstuuv un in de Köök speelt dat Radio, köst' doch all Geld, oder?
Weeßt du wat man ut 'n Telefonkobel oder ut de Schnur vun Stoffsuger all'ns moken kann? Dat glöövst du nich! Richtige Skulptur'n kann man dorvun moken. Dat heet ›man‹ nich over mien Fro. Wenn de telefoneert hett oder mit 'n Stoffsuger in' de Gang' weer, denn kannst' de Kobels noher in de Kunsthall' utstell'n.
Wat heff ik ehr al seggt, wenn de Kaffee ferdig is, kann se de Maschin' utschalten, de Kaffee blifft warm noog. Dat schlitt doch unnödig Strom.
Wenn se Pril in't Afwaschwoter sprütt, mutt ik ok ümmer wedder bremsen. Se nimmt veel to veel, dat schüümt richtig övern Rand.
Nülichst hett se mi morgens so 'n komischen Messingpott op 'n Kaffeedisch stellt.
»Wat is dat denn«, wunner ik mi, »is dat 'n Melkpott?«
»Nein, das ist ein Ehrenpokal für besondere Verdienste um die Deutsche Wirtschaft in Verbindung mit Energiesparen und Umweltschutz.«
Dorbi gackert se wedder luuthals över ehr Kaffeetass' weg.
Bi'n Stoffsugerkobel heff ik mol dormit droht, datt ik ehr de Arbeit wegnehm. Dat do ik nie wedder, dor weer se bald op ingohn un denn harr ik

dat an' Hals hatt. Mit disse Drohungen mutt ik also bannig oppassen. Wenn se Stoff wischt hett, hangt in de ganze Wohnung de Biller scheef. Ik mutt wedder achteranklei'n un all'ns grood hang'.

Wenn se dat süht, heff ik 'n Billertik un se droht wedder mit 'n »Ehrenurkunde für Ordnungsfanatismus.« Du muß' mol seh'n, wo frech se mi dorbi ankickt, de nimmt mi eenfach nich ernst.

Wenn se sik 'n Book ut' Riech hoolt, segg' wi mol, een vun Remarque denn stellt se dat, wenn se dat utleest hett, garanteert bi Konsalik wedder rin. Wenn ik denn irgendwann mol wat söök un vör mi henknurr, denn verhöhnt se mi ok noch: »Ich denk' bei dir herrscht Ordnung, damit gibst du doch immer so an. Nun such mal schön, sonst wird dir die Ehrennadel für Ordnungsfetischismus wieder entzogen.«

Dat is doch nich to glöven, man meent dat doch blots goot un denn warrt man ok noch veräppelt. Over irgendwann dreih ik den Spieß mol üm.

Nach dem Piepton

Dor segg' nochmol ener, datt wi nich vun de Open afstammt!
Wi oopt doch all'ns no over ok all'ns, wat de ene hett, mutt de annere hebb'n, wat de ene seggt, dat plappert de annere no.
Wenn dat wat nee's gifft, Handy, Anroopbeantworter, Fax, PC, ganz egool, dor warrt nich erstmol ünnersöcht, of man dat överhaupt bruukt, och wo!
De Nover, de Kollegen in de Firma, oder Rud'l-Swoger hett sowat un dat is Grund noog. Dat kann man sik jo nich nosegg'n loten. Wo süht denn dat ut, dat dörfst du jo keen vertell'n, datt du achtern Mond leevst. De Lüüd denkt jo, du hest keen Geld un leevst vun de Sozi. Nee, nee, dat geiht nich, also, her dormit un so steiht de Wohnung bald vull vun »luder Plünnkroom ... nutzlosen Plünnkroom mit den du överhaupt nix anfang' kannst. Over du mußt dat hebb'n, dat büst du di schüllig. Wat söllt de Lüüd vun di denken?
So mookt jeder den annern all'ns no un dat köst' Geld segg' ik di. Wat meenst du woveel Geld för Soken utgeven warrt, de man överhaupt nich

bruukt um Lüüd to argern de man överhaupt nich kennt.
Over nich över dat Nomoken alleen kannst' di scheeflachen, ok över dat Noplappern, dat see ik jo al. Hest du dor al mol op acht?
Wenn du mit een telefoneern wullt un de Anroopbeantworter meld' sik ... dor kümmt ümmer datsölve Gelaber ... een vun annern afkeken.
Egene Idee'n hett jo woll kener. Un wo överkandidelt se sik dor denn een afstelzen doot, as wenn se op de Bühne stoht. Nülichst is mi de Krogen platzt as ik Rud'l-Swoger anropen wull.
Ik wull wat mit em besnacken un as ik wählt harr güng' dat los: »Hier spricht der Anrufbeantworter von Rudolf Brinkmann. Sie haben die Nummer 67 48 33 gewählt, ich bin im Augenblick leider nicht zugegen. Sie können aber gern eine Nachricht hinterlassen, ich rufe Sie dann alsbald zurück. Ich danke für den Anruf und nun sprechen Sie bitte nach dem Piepton.«
Dor kannst' op af, her mit den Piepton, di warr ik dat wiesen.
Ik harr in de Luft gohn kunnt, over no den Schietpiepton heff ik losleggt: »So, Rud'l Brinkmann, du Pannkoken, datt du op Hochdüütsch Rudolf heetst is mi schietegool, un datt dat'n Anroopbeantworter is, soveel weet ik ok noch. Over wat för'n Nummer ik wählt heff, dat bruukst du mi ok nich to vertell'n, oder glöövst du ik bün so dämölig, datt ik nich weet wat ik wählt heff, hä? Du laberst mi hier, op miene Kosten, de Ohr'n vull,

du Angeber. Bit du Moors to Pott kümmst, bün ik fiev Mark los. Un datt du »im Augenblick nicht zugegen bist«, dat kannst' du di an' Hoot steken, du Maioop, vertell' mi nächstes Mol lever, wann du zugegen bist, dormit ik mi dien dämliches Gequassel nich nochmol anhöörn mutt. Wenn ik mit di snacken will, denn will ik nich weten, datt du nich to Huus büst, sönnern wann du to Huus büst. Datt du nich to Huus büst mark ik vun sölvst, wenn kener afnimmt. Wenn ik hier so in't Leere snacken sall, kann ik di 'n Breef schrieven, dat warrt billiger. Un dien Nachricht hinterlassen, kannst' di in' suur koken! Wenn du de Nachricht höör'n wullt, denn röppst du mi an, hest dat verstohn? Ich rufe Sie zurück! Du hest doch een' an Galgen, anropen sallst du mi! Mich ruft keiner zurück, egool wo ik bün, dat mark' di. Un dat mit den Piepton kannst' di sünstwohensteken. Denkst du ik bün nich ganz goor oder wat? För wo dusselig höltst du mi egentlich, datt ik nich weet, datt man erst no den Piepton snacken kann?
So, un nu legg' di gehackt, för dien Spinnkroom betohl ik nich nochmol, dat mark di.«

Doping

Wenn du 'n Sportzeitung opsleist, oder de Sportschau in't Fernseh'n inschaltst, vertellt se di as erstes, datt se wedder irgendee'n noomhaften Sportler bi'n Doping footkregen hebbt. Dor warrt denn luuthals Konsequenzen, Strofen un Repressalien fordert. All'ns is in helle Opruhr, Funktschonäre, Veranstalters un dat bedrogene Publikum.
Ik verstoh' gor nich, worüm sik överall wegen Doping opreegt warrt, dummes Tüüch sowat. Wenn Schumi keen Benzin in sien Rennwogen füllt, denn fohrt de kee'n Meter. Un wenn all de annern Sportlers, Radfohrers, Marathonlöpers un so wieder, vun sölvst nich in de Gang' koomt, na, denn mutt man even nohelpen!
Ganz eenfach, vun nix kümmt nix!
Dat kunn so intressant sien, wenn de Funktschonäre sik nich so aftiern wörrn mit disqualifiziern un so. Is doch lachhaft woans de Sportgerichte de Presse un dat Fernseh'n över'n Sportler herfallt de 'n beten noholpen hett. Söllt se dat doch allgemeen freegeven, de meisten mookt dat jo doch. Dat kunn för de ganze Pharmaindustrie een gewaltigen Wirtschaftsfaktor warrn. Koom mi nu

blots nich mit Sportlerethik, Amateurstatus un all so'n Tweernkroom.
Wat is dat denn, wenn all de Sportlers ehre Klamotten vun ünn' bit boven mit Marlboro un alle mögliche annere Reklame vullbackt hebbt? Sportler un Zigarettenreklame, dor kannst' di doch woll an' Kopp foten. Dat is'n Lachnummer, ümsünst mookt se dat wiß nich. De loopt, rennt oder springt ganz bestimmt nich för den Bleekkübel oder de Silverne Geetkann', de se noher kriegt, wenn se wunn' hebbt.
Nee, nee, dat kann mi kener vertell'n. Over wenn se wunn' hebbt un noher in't Blitzlicht un vör de Fernsehkamera stoht, denn seht Million' Tokiekers wovele verschedene Weltmarken an ehre Trikots un Baseballmützen vertreden sünd. Sponsoor'n seggt man dorto. Na also, is jo ok nix unsittliches, over wat sall denn de Heuchelee mit dat Doping? Söllt se dat doch freegeven ... wat meenst' woans dat unse Pharmaindustrie op de Been hölpen wörr. Wenn womöglich so'n Sportler bi de Siegerehrung verkünd': »Dank Dopin von der Firma Dopina habe ich gesiegt.«
De Nächste prohlt dormit, datt sien Höchstleistung de Dopinoltabletten vun Dr. Dopinsky to verdanken is.
Oder Dopingelin forte-Extrakt aus dem Hause Dopanol.
Natürlich loopt se denn nich mehr mit Marlboro-Reklame dörch de Gegend sönnern mit'n Dopina oder Dopanoltrikot.

De Herstellers vun disse Powerbomben kunn' dat natürlich ok noch bannig utwalzen. Een wiedes Feld deit sik dor op, segg' ik di. Wenn de to'n Bispeel blots 'n nee'es Sexopputsch- oder Stabilisierungsmittel op'n Markt bringt, wat weer dat för'n wirkungsvulle Werbung: »Durch unser, von namhaften Sportlern, erprobtes ›Dopusexulin‹ laufen Sie zur Höchstform auf.« Dat Thema lett sik noch veel wieder spinn', dor stickt noch Potential binn', dat kann ik di segg'n.
Wat glöövst du, wat dor för'n Konkurrenzkampf bi de Dopingherstellers utbreken wörr. Wat de Forschers ünner dissen Konkurrenzdruck all'ns ferdig bring' wörrn?! Leistungssteigerung, as wi se noch nie beleevt hebbt.
Dor löppt 'n Marathonlöper womöglich bi'n groten Pries vun Monaco mit Schumi üm de Wett! Denn Schumi sien Ferrari warrt dörch Doping jo nich gauer.
Na, sühstwoll, wat anners wöllt de Tokiekers doch gor nich, oder wat denkst du, worüm de Lüüd to'n Sportveranstaltung goot?!

Gootschien

Mien Fro is op'n Balkon an't Bloombegeten, dat geiht so op Meddag to, mit'n Mol fangt se mit de Noversch to snacken an, de woll ok jüst op ehr'n Balkon in de Gang' is: »Moin, Gesche, mook dat man nich to dull, datt du de Puhvogelsche ehre Bloom glieks mit vullpütscherst.«
»Och dee, de sall sik man nich so aftier'n, over segg' mol, du harrst jo överhaupt güstern Geburtsdag, ik graleer' ok noch recht schöön.«
»Danke, danke, koom man hüüt Nomeddag op'n Tass' Kaffee röver.«
»Hest' denn ok schöön wat schenk' kregen vun dien Mann?«
»Jooo 'n ganzen Barg, Blomen, twee Gootschiens un noch 'n Book.«
»Dat is over fein, Hilde, so'n Mann wünsch ik mi ok, de so an mi denkt un mi so schöne Geschenke mookt. Wat weern dat denn för Gootschiens?«
»Een vun Karstadt.«
»Aha, seker för 'n nee's Kleed oder 'n Mantel?«
»Heff ik ok dacht, over för hunnert Mark kriggst' keen Kleed un erstrecht keen Mantel. Dat reckt höchstens för 'n Bluus oder 'n Pulli.«
»Is doch ok nich slecht, Hilde!«

»Nee, nee, dorüm bün ik nomeddags jo ok glieks losgohn, no Karstadt. Heff' mi 'n Bluus utsöcht un weeßt' wat de seggt hett, as ik dormit an de Kass' keem? Na, nu hool di fast: ›Der Gutschein gilt nur in der Lebensmittelabteilung, meine Dame‹. So, nu kümmst du, wat meenst' wat ik mi scheneert heff?!«

»Oh Gott, Hilde, wat gifft dat blots för Mannslüüd! Denn hett he di jo gor nix schenkt, de Levensmittel mußt du jo sowieso köpen. Junge, Junge, lehr du mi de Mannslüüd kenn', over dor weer doch noch 'n Gootschien, wat weer dat denn?«

»Dat weer 'n Gootschien över dreemol afdrögen in de Köök: ›Der Zeitpunkt kann von der Empfängerin gewählt werden‹, stünn' dor op. Dreemol afdrögen, dat mußt du di mol vörstell'n. Annere Mannslüüd mookt dat jeden Dag un de deit so, as wenn dat wat ganz besünners is.«

»Hilde, du kannst een' jo richtig leed doon. Wat he di för'n Book schenkt hett, mag ik jo al gor nich mehr frogen.«

»Kannst' du ruhig, dormit krieg' ik em nämlich foot, dor kannst' op af. Dat is 'n Huushooltsbook, dor sall ik twee Monot all'ns rinschrieven wat ik utgeven heff un woför. Wi mööt dat Huushooltsgeld överdenken un nee fastsetten meent he. De warrt sik wunnern, wat ik in dat Book all'ns rinbrumm' warr.

Bi Penny un Aldi kööp ik in un in dat Book schriev ik de Priese vun Koophoff oder Hertie. De warrt sik noch ümkieken, woans de letzte Tiet all'ns dürer worrn is. De Ogen warrt em troon', wenn de twee Monot rüm sünd, warr ik em vörreken, datt he dat Huushooltsgeld verdoppeln mutt. De kümmt mi nie wedder mit so'n Book, dor kannst' op af.«

»Wat sünd dat blots för Mannslüüd, Hilde, dor kannst' di jo Hann' un Fööt an warm'. Over he hett di jo ok noch Bloom schenkt, dat is doch ok wat.«

»Jo, geklaute, ut Trina Witt ehr'n Vörgoorn un denn noch ganz frech in Zellofoon inwickelt.«

»Wat seggst du dor? Is de so giezig, datt he för dien Geburtsdag Bloom klaun mutt?«

»Dat geiht al 'n poor Johr so.«

»Markt Trina Witt dat denn nich?«

»Kloor markt se dat, de hett em al glieks bi't erste Mol footkregen. Se hett over nix seggt un so denkt he, dat geiht jedes Johr goot. Dor kannst' mol seh'n, wo dumm de Mannslüüd ok noch sünd. Ik goh' jedenfalls nomeddags ümmer mit'n Tablett Koken no Trina röver un denn loot wi uns dat goot gohn un lacht uns scheef över de dämöligen Mannslüüd.«

De Ovend is in Ammer

Wi sünd mol wedder bi Hein Ballerstädt un sien Fro inlood.
Wi sünd man jüst erst in de Döör rin, dor mutt Hein dat al glieks an' Mann bring': »Wat meent ji woneem wi west sünd?«
»Du warrst mi dat forts vertell'n, dor goh' ik jede Wett' in«, segg' ik.
»Wi hebbt 'n Krüüzfohrt mookt, wat seggst' nu?«
»Du meenst 'n Botterfohrt, hä? De söllt jo nu bald afschafft warrn, wegen de EG.«
»Botterfohrt, du Tweernbütel, wi hebbt 'n richtige Krüüzfohrt mookt, in't Mittelmeer, Ägypten, Griechenland un Türkei, dor kickst', hä?«
»Oh Gott«, denk' ik, »dat hett jüst noch fehlt, dormit is de Ovend jo wedder in' Ammer.«
Un richtig, in de Stuuv steiht al dat Gestell mit den Diaprojektor. Dor hölpt keen Aflenkungsmanöver mehr, höchstens noch, wenn Hilde mit 'n Mol infallt, datt se vergeten hett, dat Gas aftodreih'n. Over ehr fallt dat nich in, ehr fallt överhaupt nix in.
»Sett ju man dol«, röppt Hein vergnöögt ut de Stuveneck, »ik bün glieks sowiet, blots noch gau

de Linnwand opstell'n. Hertha, stellst du noch 'n beten wat to knabbern hen?!«
»Kann ik dat Beer ok in Schosteen schrieven«, knurr ik in mi rin, »so 'n Ovend heff ik mi al lang' mol wedder wünscht.«
Bevör ik mi noch mehr hochschaukel, geiht dat ok al los. Hein steiht achter dat Gestell, as achtern Maschingewehr un kickt no sien Fro röver: »Hertha, mookst' mol dat Licht ut?! Hier, dat warrt ju intresseern.«
»Wo ik nich sölvst west bün, dat intresseert mi överhaupt nich«, muul ik vör mi hen.
»... Dat is de Sultanspalast in Corinth, na sowat hebbt ji noch nich seh'n hä?«
Nu meld' Hertha sik to Wort: »Heini, dat is doch nich Corinth, dat is in Istanbul.«
»Weeßt' dat genau? Na, mienwegen, over in Corinth weer ok sowat ähnliches. Nu kiek mol hier, dat is de Mitropolis, dat is nu over in Istanbul.«
»Doch nich Istanbul«, meld' Hertha sik al wedder, »dat is Athen un dat Dings heet Akropolis.«
»Heff ik doch seggt, Akropolis un Athen heff ik ok seggt.«
»Hest du nich, du hest Istanbul seggt un Istanbul is in de Türkei!«
»Athen denn nich? Ik denk, Athen weer ok in de Türkei, wat muß' du överhaupt ümmer dortwüschen quasseln, is doch ganz egool woneem dat is, so warrt wi jo nie ferdig. – Sühstwoll, hier, dat is nu over Türkei. Na, weeßt' wat dat is, wat dor op

'n Buuk liggt? Kannst du jo nich ... ji weer'n jo noch nich in Athen, dat is de Swingst, oder wo hett de Ollsch man noch heten, Hertha? Mit Wingst weer dat jedenfalls wat. Süht ut as unsen Hund, wenn he so op de Vörpoten liggt. Ji mööt ok tolang', is noog dor, wenn de Soltstang' all' sünd, Hertha hoolt mehr ut de Köök.«

»Egentlich heff ik 'n beten Döst«, woog ik ganz vörsichtig antobring'.

»Dat is slecht, hier in' düstern, kann licht passeern, datt du dat Glas ümstöttst un denn dat Beer op de Dischdeek, dor kriegt wi dat mit Hertha to doon.«

»So'n Schiet«, denk' ik, »nix to drinken un denn sitt man hier ok noch genau in den Lichtstrohl, datt man nichmol 'n beten de Ogen tomoken kann.«

»Loot uns man mol wieder kieken« meld' Heini sik al wedder. »Dat hier is, glööv ik 'n Moschee oder sowat, nich Hertha?«

»Heini, dat sünd de Schierockspyramiden, dat' weer doch in Ägypten, glieks de erste Statschoon. Du hest dat over ok all'ns dörchnanner kregen, ik denk, du hest all'ns schöön sorteert.«

»Heff ik jo ok, erst de Bauten un denn de, wo du op büst, de paßt dor doch nich mang. Een ganzen Kasten vull heff ik blots vun Athen oder Griechenland mit all de Moschee'n.«

Mit eenmol springt Hilde op un schreet: »Um Gottes will'n, over nich schimpen, mi fallt ganz hitt in, ik heff to Huus den Gasherd nich afdreiht.«

Helle Opregung, Hertha schalt' dat Licht an, Heini den Projektor ut un ik schimp: »Dat is mol wedder typisch, Wievervolk, keen Verlot op. Nu over los, wenn de Bood nich al in Flamm' steiht.«
An de Döör kloppt Heini mi op de Schullern: »Dat is jo nu 'n Malöör, over den Rest kiekt wi nächstes Mol an. Soveel hebbt ji jo nu al mitkregen, dat stimmt wat ümmer seggt warrt: »Reisen bildet!«
Buten op de Stroot nehm' ik mien Fro in' Arm: »Büst doch 'n feine Deern, ik dach' al di wörr gor nix mehr infall'n. Over soveel segg' ik di, den Rest kann de Döösbattel sik an Hoot steken, dor kriggst' mi so gau nich wedder hen.«

Eigener Herd ...

Wi sünd an't Meddageten, dat heet wi sünd al meist ferdig. Se kickt mi al wedder so gediegen vun de Siet an: »Treck man nich so'n Fliep, hett di dat etwa al wedder nich smeckt? Man weet jo bald nich mehr wat man koken sall üm den Herrn dat recht to moken. Tööf man, dor koomt ok mol wedder annere Tieden, totol verwöhnt büst du. Dor ritt man sik hier af, vun morgens bit ovends, dormit man jo ümmer all'ns in de Reeg is un dat Eten pünktlich op'n Disch un de Kerl treckt'n Fliep. Dat kann jeder, dat kann ik sogor noch beter as du! Wat hett de Herr denn nu al wedder uttosetten, hä?«
»De Arfensupp', wenn dat denn een sien sall, is anbrennt, au'a verdammt!« In dissen Ogenblick heff ik mi ganz grandessig op de Tung' beten un Hilde höögt sik: »Ha, ha, sölvst Schuld, ›die kleinen Dinge bestraft der Herr sofort‹, dat kümmt dorvun, wenn man so undankbor is un ümmer rümnörgelt. Dorbi warrst du di nochmol de Tung' ganz afbieten, over denn is Schluß mit nörgeln, Sense, ohne Tung' kannst' nich mehr snacken, nix, rein gor nix. ›Die kleinen Sünden bestraft der liebe Gott sofort und die großen etwas später‹, dat hett

mien Modder fröher al ümmer seggt un recht hett se hatt. Dat is over ok all'ns, sünst is dat 'n Tweernkroom mit all disse Sprüch'.

Ümmer hett mien Modder seggt: ›Eigener Herd ist Goldes wert‹. De blöde Snack stünn' sogor op dat Paradehanddook in de Köök. Narrnkroom sowat, wat heff ik denn vun den eigenen Herd, hä? Blots Arbeit un Arger den ganzen Dag un Undank, jowoll, Undank. Weerst du nich so knickerig un güngst jeden Dag mit mi to'n Eten, denn weer dat ut de Welt, denn kunn ik den eigenen Herd op'n Sperrmüll smieten. Over ›Undank ist der Welt Lohn‹, dat Sprichwort stimmt wenigstens.«

»Dat gifft noch mehr Sprichwörr', de stimmt, mien Deern. Dat heet ok, ›Im Schweiße deines Angesichts sollst du dein Brot essen‹.«

»Och so is dat, dat gellt also blots för mi? Ik rakker mi hier af un du lümmelst di hier an Disch un ißt dein Brot im Schweiße meines Angesichts, dat harrst du di so dacht.«

»Hilde. ›Arbeit schändet nicht‹, dat steiht al in de Bibel un op de beröppst du di doch sünst ok geern, wenn di dat jüst in' Kroom paßt.«

»Och nee, wat du nich seggst, Arbeit schändet nicht, hä? waneer hest du di egentlich dat letzte Mol mien Hann' ankeken, hä? Oder se mol strokelt? Ik will di dat segg'n! Dat is al lang' verjährt sünst harrst' dat woll markt woans de utseht, vun't Kantüffelnschell'n, Waschen, un Afwaschen, Schrubben un Schüürn mit all de scharpen Waschmittel. Un dor kümmst du hier mit so'n dummerhaftiges Gewäsch, ›Arbeit schändet nicht‹. Wenn du di al so schoomlos de Bibel ünnern Nogel rieten deist, vun de du sünst överhaupt nix versteihst ... in de Bibel steiht nämlich ok: ›Wer nicht arbeitet soll auch nicht essen‹. Sühstwoll un dat gellt genau för di, du Fuuljack. No de Bibel weerst du al lang' verhungert.«

»Vunwegen Bibel! De dämölige Snack kümmt noch ut de Hitlertiet. Over tröst' du di man mit Goethe, de hett al seggt: ›Arbeit macht das Leben süß‹.«

»Jo, jo ›und Faulheit stärkt die Glieder‹. Dat hest du dorto dicht', dormit du wedder ut'n Snieder büst. Du ekelst di doch vör gor nix, blots vör de Arbeit.«

»Dat is nich wohr Hilde, nu geihst du to wiet. Ik mag geern arbeiten, blots Sünndoogs un in de Week nich. Over loot uns nu man bilütten ophool'n! Wo heet dat doch so schöön? ›Edel sei der Mensch, hilfreich und gut‹.«

Over segg' mol, wo sünd wi nu blots vun de Arfensupp' op disse Sprücheklopperee koom?«

»Ganz eenfach, du Galgenstrick, du fule, wiel du mi op de Oort mol wedder klammheemlich bipuul'n wullst, datt bi uns jeder sien Opgoven hett. Ik den gesamten Huushoold un du de gesamte Medienwelt ... Zeitunglesen, Fernseh'n, un bi Jonny Garms in' Kroog, an Tresen klookschieten. Over dat warrt af morgen anners, dor kannst' op af. Frei nach Schiller, ›der brave Mann denkt an sich selbst zuletzt‹, oder ›Arbeit macht frei‹, oder wat hest du even seggt ›Edel sei der Mensch, hilfreich und gut‹. So, is dat noog oder wullt du noch mehr höörn? Kannst' di dat beste utsöken! Un nu goh' man rechttiedig to Bett, dormit du morgen munter büst, dor geiht dat hier nämlich rund, kloor?«

Rentier

Sommerdag is, ik sitt mit mien Fro achtern op'n Hoff. Se is an't Arfen utpool'n un ik blöder in de Zeitung rüm.
Ik heff al 'n poormol no de Klock keken: »Woneem de Bengel blifft hüüt, sünst is he üm disse Tiet doch al lang' hier. Wat he soveel Schoolarbeiten op hett? Bi so'n schöön' Wedder binn' sitten, dat geiht doch nich. Wi mööt doch no de Anten kieken, de hebbt doch de ersten Jung'. Ik goh' mol röver un kiek, wat dor los is.«
Un jüstso, as ik mi dat dacht heff, Berni sitt över de Schoolarbeiten: »Na, du Briet, wullt du denn gor nich an' Loden koom' hüüt? Wat is denn los mit di?«
»Ooch, Schietopsatz, Opa!«
»Na, na, na, loot dat blots dien Vadder nich höör'n, ümmer disse Utdrück'. Wat gifft' denn sünst nee'es?«
»Kalli's Opa is nu ok Rentier.«
»Wat is he?«
»Rentier, Opa, hett he sölvst seggt. Wi müssen in de School 'n Opsatz schrieven: ›Ich und mein Opa‹. Kalli müß' sien vörlesen un de letzte Satz

weer: ›Und seit drei Tagen ist mein Opa ein Rentier‹.«
»Du Dussel, dat heet Rentje.«
»Warrt over Rentier schreven, dat weet ik genau.«
»Jo, jo, dat heet over Rentje, ik bün ok 'n Rentje.«
»Wat? Du ok? Dat kann man over gor nich seh'n, wo lang' büst du dat denn al?«
»Och, al recht 'n poor Johr, over segg' mol, wat schriffst du dor egentlich de ganze Tiet?«
»Och, Schiet', Wittfisch hett uns 'n Opsatz opbrummt. Wi weern doch güstern mit de ganze Klass' bi Hagenbeck un doröver söllt wi 'n Opsatz schrieven. Över jeden Mist ümmer Opsätze schrieven, dor hett man al gor keen Lust mehr no Hagenbeck hentogohn.«
»Na, na, so schlimm warrt dat woll nich sien. Wo wiet büst' denn al?«
»Ik heff erst 'n poor Sätze, du hölst mi jo ümmer in' Snack op. Sall ik di dat liekers mol vörlesen?«
»Jo, jo, man los!«
»Wir waren gestern mit die ganze Klasse bi Hagenbeck sein Tierpark und haben da erstmol alle 'n Eis gegessen, war aber bannig teuer. Da kriss' bei uns in 'ne Straße zwei für. Un denn war das bannig langweilig weil wir ümmer in Reih' und Glied gehen mußten. Bei die Affen nachher wurde das denn besser, die war'n je ganz lusteg. Aber bei die Enten und Gänse ging as schon wieder los, die

ham' wir je selber. Bei die großen Raubtier'n ging as denn wieder, die sünd je bannig intressant auch vun 'ne Größe her geseh'n. Nu weiß ich auch warüm mein' Mudder ümmer sogt, wenn sie vergrillt auf mein' Vader is, nie wieder würd' sie 'n Löwen heiraden. Die knurr'n da in ihr'n Käfig ganz schön rüm. Die Elefanten sünd Gauners, halten ein' den Rüssel hin und denn muß man da 'n Groschen reinstecken. Denn tun sie den bei 'n Wärter in 'ne Tasche rein un kriegen dafür 'n Stück Zucker oder sowas.«

»Mensch Jung', dat geiht doch al ganz goot, hest du fein oppaßt, man wieder.«

»In manche Käfige sünd mehrere Tiere und in andere nur ein Tier villeich weil da nich mehr reingeh'n. In ein' Stall hatten sie 'n Rentje eingesperrt, stand da ganz dämölig allein rum ...«

»Stopp, stopp, stopp, wat weer dat, wat harrn se dor insparrt?«

»Een Rentje, Opa.«

»Du Tweernbütel, du meenst woll 'n Rentier, Rentje in' Käftig, du hest se woll nich all!«

»Opa, erst as ik Rentier seggt heff, dor hest du seggt, dat heet Rentje, oder etwa nich? Sühstwoll un nu segg' ik Rentje, wiel ik dat noch gau verbetert heff, nu is dat ok al wedder verkehrt, nu heet dat mit'n Mol wedder Rentier. Nee, nee, Opa, ut di warrt man ok nich schlau, loot mi den Opsatz man lever alleen schrieven, denn warrt dat wenigstens wat.«

Addeldi-uddel-di!

Dat is nu al ’n Tietlang her, dor heff ik den Berni, mien Enkel, beluurt. He seet bi Meifort & Co. op’n Poller un verputzt ’n Appel, datt dat man so kracht. Denn bekickt he dat Kerngehüüs nochmol vun alle Sieden, is over nix mehr an. Mit’n wohlgezielten Hochschuß neiht he dat Dings een mit’n Foot … un flupp, bi Adele Pinkvoß gegen dat Sloopstuvenfinster, dat los steiht. Dat Kerngehüüs kriggt ’n Drall (Einfallswinkel gleich Ausfallswinkel) un flüggt in de Sloopstuuv rin, hett over schienbor kener markt. So bruukt he also nich uttoneih’n un kann op’n Poller sittenblieven.
Beide Hann’ deep in de Taschen, kümmt Kalli Bohnsack breetbenig anlatschen: »Wenn du mi ’n Appel afgiffst, vertell’ ik de Ollsch nich, datt du dat Kerngehüüs bi ehr in de Sloopstuuv rinschoten hest.« (Hett de Hund dat also seh’ n)
»Ik heff keen mehr, over morgen bring’ ik di een mit, kloor?«
»Addeldi-uddeldi-o-kelli. Segg’ mol, wokeen hett di denn so kleit in’t Gesicht?«
»Och Schiet, mien Swester, de blöde Goos.«
»Heff ik jo gor nich wüßt, datt du ok noch ’n Swester hest, wo oolt is se denn?«

»Dörtein!«
»Un, geiht se al to School?«
»Du Dämlack, kloor geiht se to School mit dörtein, du Döösbattel. De is in't Gymnosium.«
»Aha, un worüm hett se di kleit un denn ok noch in't Gesicht?«
»Wiel se ümmer krötiger warrt, mit de is bald keen Ümgohn mehr. Ümmer glieks op hunnertsoßtig, dat Genöök, dat seggt sogor mien Modder un dat will wat heten, wo se se sünst ümmer vörtreckt. Over hüüt hett se sogor seggt, siet dat Göör in de Pubertät is, is se nich mehr to geneten.«
»Wieso in de Pubertät? Erst hest du seggt, se is in't Gymnosium!«
»Du Pannkoken, Gymnosium is doch de School, Mensch, högere School oder sowat. Pubertät is doch ganz wat anners, dat is irgendso'n Krankheit. Dat kriegt de Deerns, wenn se in't Gymnosium sünd.«
»Aha, un de in de Volksschool nich?«
»Weet ik nich, sall over 'n unheilbore Krankheit sien, dor kann man nix gegen moken. Dat heff ik mol mitkregen, as mien Modder mit mien Vadder doröver rümtuschelt hett. Wesseljohr'n seggt man ok dorto. Mien Vadder hett seggt, de Deern is jüstso krötig un zickig as sien Modder as se in de Wesseljohrn weer.«
»Wat is se denn nu, dien Swester, in de Pubertät oder in de Wesseljohr'n?«
»Mann, dat weet ik ok nich, wohrschienlich bei-

des. Ik stieg dor bald nich mehr dörch, bi uns warrt de letzte Tiet blots noch tuschelt. Nülichst hett mien Vadder mien Modder mol anknurrt: ›Bi di sünd de ersten Anteken ok al to marken, so nörgelig as du de letz' Tiet büst.‹«

»Mensch Berni, wat meenst', wenn dien Modder nu ok noch de Pubertät kriggt? Wer sall denn Eten moken un all sowat? Oha, dat mutt jo 'n Schietkrankheit sien!«

»Is dat ok, kiek di doch mien Gesicht an, de dörf doch gor nich free rümlopen. Mien Modder seggt, dat is erst de Anfang. Dat kann noch wat warrn, kann ik di segg'n. Ik glööv, soveel as ik mitkregen heff, is dat ok 'n ganz nee'e Krankheit, de is noch gor nich erforscht.«

»Krieg dat blots de Deerns oder ok de Jungs?«

»Och wat, Narrnkroom, de Jungs doch nich, sowat kriegt ümmer blots de Deerns. Dat hebbt se dorvun, wiel se ümmer wat beteres sien wöllt.«

»Mööt se dormit gor nich to Bett ligg'n, villicht hebbt se sogor Fever?«

»Kann sien. Ik glööv Schüttelfrost kriegt se ümmer oder vun opstiegende Hitten heff ik ok mol wat höört. Weeßt du wat dat is?«

»Opstiegende Hitten? Jo, ik glööv denn plinkert se ümmer so mit de Ogen un Dörchfall un all sowat kriegt se denn ok!«

»Mein lieber Schalli, is dat'n Schiet, datt wi nich in de Pubertät koomt. Dor kunn' wi schöön to Huus blieven, keen School, keen gor nix, wat is dat blots ungerecht verdeelt op de Welt. Weeßt du wat? Villicht stickt dat jo doch an un wi kriegt dat ok noch. Ik versöök dat eenfach mol, wenn ik keen Lust to School heff, segg' ik to mien Modder, datt mien Swester mi ansteken hett, datt ik de Wesseljohr'n oder de Pubertät heff.«

Erst de Swiegermodder ankieken

Ik weer mit mien Söhn in't Volksparkstadion, wi weern to'n Football. Wiel dat Sünnovend un noch to fröh is, no Huus to gohn, stüürt wi an de Eck in' Kroog rin. Ran an' Tresen un Kööm un Beer bestellt, HSV hett wunn', dat mutt begoten warrn. Dat kümmt de letzte Tiet jo nich mehr jeden Dag vör.

No'n ganze Tiet segg' ik to mien Söhn: »Segg' mol Erwin, fehlt di wat?«

»Worüm?«

»Mi dücht du büst so'n beten komisch.«

»Hest' dat al wedder markt?«

»Na, du mookst doch dien Vadder nix vör, ik kenn di jo nu al 'n poor Doog länger. Also rut dormit, wat fehlt di?«

»Naja, fehl'n egentlich gor nix, ik heff 'n Deern kennlehrt ...«

»Ahaaaa, dorher weiht de Wind, over dat is doch keen Grund hier rümtodrucksen. Oder mußt du etwa heiroden?«

»Och wat, Vadder, sowat gifft dat doch hüüt nich mehr.«

»Jo, jo, ik weet, ji sünd hüüttodoogs jo sooowat vun opgeklärt, sowat kann ju hüüt jo nich mehr passeern. Wat weern wi doch dämölig fröher, wi hebbt jo noch in' Urwald hüüst. Over ik will di mol wat segg'n, du Klookschieter, wenn ji hüüt de Pill' nich harrn un all den annern neemodschen Kroom, denn wörr ju de ganze Opgeklärtheit nix nützen un ji weern jüstso dämölig as wi fröher, dor kannst' op af. Over wat is denn nu mit de Deern, wenn du se nich heiroden mußt?«

»Gor nix wieder, ik överlegg' blots of ik se liekers heiroden sall. Ik kann se jo mol mit no Huus bring', dormit du un Modder se mol kennlehrt, wat meenst'?«

»Kloor kannst du se mol mitbring', over to'n Kennlehrn reckt dat nich.

Kennlehr'n duurt 'n beten länger, dat duurt 'n Levenlang. De beste Weg is ümmer noch över de Swiegermodder. Kennst du de överhaupt?«

»Ik heff se twee-dreemol seh'n.«

»Sühstwoll, schon verkehrt. Wenn du 'n Deern kennlehrst, mußt du di as erstes an de Swiegermodder ranmoken. Am besten du fangst erstmol mit de wat an, un wenn dat funktschoneert, ik meen, wenn de keen Nücken hett, denn kannst' se ümmer noch wedder susen loten un denn nimmst' de Dochter. Over dat geiht natürlich nich vun een Dag op'n annern, sowat mußt du plietsch vörbereiten. Erstmol rutkriegen, wo oolt de Swiegermodder is, un denn kannst' di utreken, woans de Dochter utseh'n warrt, wenn se jüstso oolt is.«

»Ik kann mi al denken, Vadder, as nächstes chekken, of se goot koken kann.«

»Narrnkroom, dat is di wedder dat wichtigste, hä? Nee, nee, erstmol kümmt dat op annere Veranlogungen an. Is se plietsch oder sogor intelligent? Oder is se dämölig? Kann man sik överall mit ehr seh'n loten oder is di dat pienlich mit ehr op de Stroot to gohn. Ümmer doran denken, in een poor Johr süht de Dochter jüstso ut as de Modder. Ok mußt du prüfen woans se sik in kritische Situatschoon' verhölt.
Wenn du mol 'n beten loter no Huus kümmst, wat se denn glieks krötig warrt oder cool blifft, versteihst.
Wat noch ganz wichtig is, du mußt rutkriegen, wat se bi jede Gelegenheit utflippt, ümmer all'ns beter weet un gegen all'ns anstinken deit. Ok wenn se ümmer dat letzte Wort hebb'n mutt ... segg' mol du Klookschieter, sall ik de Deern egentlich heiroden oder wat?
Also, wenn du dat bi de Swiegermodder all'ns klärt hest un dor is nix an uttosetten, denn letst se wedder susen un mookst di wedder an de Dochter ran, kloor?
Na also!«

Fasten Sietbelt

Männichmol, wenn't jüst mol paßt, drink ik bi Tchibo oder 'n annern Coffeeshop, as man jo hüüt dorto seggt, 'n Tass' Kaffee. Annerletzt stünn' ik mit twee Froonslüüd tosoom an so'n hogen Disch un dorbi heff ik de beiden beluurt.

De ene harr de annere jüst froogt: »Segg' mol Stine, büst du egentlich al mol flogen? Koom mi nu nich mit den dummerhaftigen Snack ›vun de School‹, oder so'n Narrnkroom.«

»Meenst du flogen, so richtig mit'n Fleger?«

»Jo, jo, richtig mit'n Fleger, oder mit'n Jet.«

»Mit'n Jet? wat is dat denn?«

»Dat is ok so'n Oort Fleger, over veel grötter un veel gauer, as'n gewöhnlichen Fleger, dor goht ok mehr rin un'n Jet warrt ok nich vun een Pilot stüürt, as'n Fleger. So'n Jet warrt vun een richtigen Kapitän stüürt.«

»Woher weeßt du dat all', büst du denn al mol flogen?«

»Bün ik, over eenmol un nie wedder, dat kann ik di segg'n.«

»Oha, dat höört sik jo leeg an, hett di dat nich gefull'n?«

»Gefull'n? Een ganz groten Schiet weer di dat, dor

fohr ik teinmol lever mit de Iesenbohn. Over harr ik mi jo denken kunnt, wenn mien Swiegerdochter mi al wat schenkt …«

»Wat? Dien Swiegerdochter hett di'n Fleger schenkt, oder 'n Jet, oder as dat heet?«

»Stine, du Tweernbütel, keen Fleger, den Flug hett se mi schenkt. Mien Söhn un Fro wohnt doch in München, weeßt doch, dor ünn' bi de Bayern, bi de Katholschen.

Sünst bün ik doch ümmer mit de Bohn fohrt, wenn ik se to Wiehnachten oder to Ostern besöcht heff. Over letztes Mol meen Märy, dat is mien Swiegerdochter, ik sull doch mol flegen. Dat güng' ok veel gauer un weer veel bequemer, over dormit harr se mi schöön wat vörsnackt. Man goot, datt se dat betohlt hett, sünst harr ik mi dor ok noch an argert.

Dat mit de Fohrkort harr se allns vun München ut erledigt. Dat heet, bi de Flegeree gifft dat keen Fohrkorten so as bi de Iesenbohn. Ticket heet dat, de hebbt 'n Tick, segg' ik di, bi de tickt dat nich richtig, all'ns överkandiddelt un överspöönsch.

Wenn du flegen deist heet dien Koffer ok nich mehr Koffer, dor heet he mit'n Mol Laggitsch … kannst' di an' Kopp foten.

Büst du al mol in Fuhlsbüttel west, dor woneem de Flegers affohrt? Dat is keen Bohnhoff, glööv man blots nich. Terminal heet dat. De Schalter, wo ik mien Ticket afhool'n müß', heet Caunter un weeßt' wat de to'n Fohrplon seggt? Teimtäbel, de sünd doch nich ganz goor.

Bohnstiege gifft dat dor ok nich, dat heet Gät. Dat eenzige reelle an so'n Gät is, datt du dor soveel Kaffee drinken kannst, as du wullt ... köst' keen Penn. Dor heff ik fix tolangt, ik harr jo noch Tiet noog.
Wenn du flegen wullt, mußt du 'n Barg Tiet mitbring'n. So as bi de Iesenbohn, hengohn un instiegen is nich. Bevör du in dissen Gät rinkümmst, in den Kaffeegät, mußt du erst dörch so'n Schlüüs un warrst dörchlüücht, of du ok keen Revolver oder sowat bi di hest. Dorüm warrt di ok al glieks bi't inschecken dien Laggitsch afnohm. Tschä, dor kickst' hä?
In Fleger warrt nich instegen, dor warrt inscheckt. Vun den Gät, du weeßt doch, vun den Kaffeegät, geiht dat denn to Foot dörch so'n Tunnel no'n Fleger rin. Dor denkst du, du büst in so'n Rohr vun de Kanolisatschoon. Koom blots nie op de Idee un segg' Fleger, dat Ding heet Ehrkrafft oder Ehrplän. Wenn du dor endlich rinkümmst, büst' noch lang' nich op dien Platz. Dor drängelt sik dusend Lüüd in de smool'n Gänge, – bit de sik endlich trechfummelt hebbt ...
Wenn du sitzt, mußt du di glieks ansnall'n – Fasten Sietbelt – heet dat. Is over lang' nich so schöön as in't Auto, is blots so'n Reem üm' Buuk rüm. Dat slimmste weer, datt man nichmol mehr op Klo gohn kunn. Ik müß' doch al so lang', vun all den Kaffee vun den Gät. Dat duurt segg' ik di, bit de endlich in de Gang' koomt. In de Tiet weer ik mit'n Tog al in München west.

Kellnerin' hebbt se in Fleger ok, heet over anners – Stewardess – oder so ähnlich. De vertellt di genau woans du di anbinn' muß' un woans du de Gasmask' opsetten muß'. Stell' di vör, Gasmasken in' Fleger, de fallt nämlich männichmol boven ut de Deek rut un denn mußt du se opsetten. Over kümmt noch veel beter, Swimmwesten hebbt se dor för de Passagere. Jo, jo, du hest richtig höört, keen Fallschirme nee, ... Swimmwesten. Dor fallt di doch nix mehr to in, oder? Bit dat endlich losgüng', harr ik al bald de Büx natt mookt, over op Klo gohn dörfst du erst in de Luft. Dat is as bi de Iesenbohn, dor dörfst du jo ok blots während der Fahrt op Klo. Wat heet op Klo, weeßt' wat se dorto seggt? Lawatorie!
Jo, du hest richtig höört, Lawatorie ... ik segg' jo, de hebbt se nich alle.
Noher meld' sik dor een dörch 'n Luutspreker un seggt: ›Kapitän Meier begrüßt Sie an Bord unseres Jet 034 nach München‹. So'n Tweernkroom, ›begrüßt Sie‹, hett sik överhaupt nich seh'n loten, de Kerl.
Jedenfalls kann ik di soveel segg'n, ik weer froh, as wi endlich dor weern un ik utschecken kunn ... so heet nämlich dat Utstiegen.
Nu weeßt du worüm ik vun de vogellige Flegeree de Nees vull heff. Nächstes Mol fohr ik wedder mit'n Tog.«

Wurmfortsatz!

Wat sünd wi doch vörnehm worrn un so gebüldet, wi smiet blots noch mit Fremdwörr' rüm, sönnerlich mit ingelsche.

Nülichst keem ik mol mit de U-Bohn vun Ossentoll, mi gegenöver seet 'n Froonsmisch un drööm so vör sik hen. Over in Fuhlsbüttel worr se mit'n Mol lebennig, as dor 'n annere Fro tostiegen dee, de se schienbor goot kenn', wiel se ehr glieks frogen dee: »Wat deist du denn hier in disse Gegend?«

»Ik heff mien Mann besöcht, hüüt Nomeddag weer Besöökstiet.«

»Klara, um Himmels Will'n, sitt de hier etwa in't Gefängnis?«

»Tweernkroom, de sitt överhaupt nich, de liggt! In't Krankenhuus, wenn du dat genau weten wullt.«

»Oha, mien arme Deern.«

»Worüm arme Deern? Ik lieg' dor jo nich, mien Mann liggt dor.«

»Wat hett he denn?«

»He is güstern opereert worrn.«

»Doch hoffentlich nix slimmes?«

»Nee, an de Appendizitis hebb's em opereert.«

»An de wat? An de Zitis, wat is dat denn?«
»Appendizitis, Helene, se hebbt em den Wurmfortsatz wegsneden, de weer entzünd'.«
»Oh Gott, Klara, dat is jo unangenehm. Kann de sik denn ok entzünn', ik meen de, de Fortsatz, de, de Wurmfortsatz? Dor heff ik noch nie wat vun höört un denn glieks afsneden? Dat is over würklich unangenehm. Du kannst een' jo richtig leed doon, mien Deern.«
»Helene, du Dööskopp, weeßt du nich wat'n Appendizitis is?«
»Türlich, hest du mi doch jüst vertellt!«
»Och wat, du Tweernbütel, du hest jo all'ns in't verkehrte Halslock kregen. Appendizitis is de Blinddarm.«
»Du hest over ganz wat anneres seggt!«
»Jo, jo, Wurmfortsatz, dat seggt man ok dorto, wiel dat so'n lütten nutzlosen Stummel is. Wat du di ümmer glieks tosoomriemelst.«
»Na, denn is jo goot, Hauptsook dat geiht em wedder goot, ik meen, dien Mann.«
»Jo, jo, he is al wedder ganz krall, he hett al wedder mit mi rümspektokelt, dat is ümmer dat beste Teken, datt em dat goot geiht. As de Tofall dat will, liggt Ede Brinkmann ok noch mit in de Stuuv. Kannst' di jo denken wat dor los is, dor hebbt se de beiden richtigen tosoom packt. De Dritte, de dor liggt kann een' richtig leed doon. De hett 'n Hämatom.«
»Wat hett de? Hämatom! Hammertohn meenst du woll! Hämmertöhn heff ik ok, twee Stück, an'

linken Foot, den Mitteltöhn un an' rechten den lütten.
Over so slimm is dat nu ok wedder nich, datt man dor glieks mit in't Krankenhuus mutt. Over wat hest du seggt, Ede Brinkmann liggt dor ok? Wat hett de denn?«
»Soveel ik mitkregen heff, hett he Nierninsuffizienz.«
»Dat kann ik mi denken, dat müß' jo mol koom, dor heff ik al lang' op tööft. Dat hett he nu dorvun, vun de ewige Superee. Siet de in Rente is, is he doch blots noch in Suff un denn wunnert he sik, wenn he noher de Suffizenz kriggt. Villicht kümmt he jo nu endlich mol to Besinnung. Over segg' mol, Klara, wie lang' mutt dien Mann dor denn noch ligg'n?«
»Wohrschienlich kümmt he Freedag al wedder rut, sowat geiht jo gau hüüttodoogs.«
»Wat, Freedag al? Denn kann de Wurmfortsatz over nich so groot west sien. Krigg' he denn nu 'n Prothees oder wat?«
»Helene! Hier is Schlump, wi mööt utstiegen, dat warrt höchste Tiet. Nächstes Mol bring' ik di mien Dokterbook mit, dor kannst du mol 'n beten in rümblödern, so geiht dat jo nich wieder mit di. – Tschüß solang' un grööt' dien Mann!«

Veer Stünn' in OP!

Vör'n poor Johr weer ik op de Nees full'n un harr mi de Kneeschiev broken. Dat weer bannig gräsig, veer Monot Krankenhuus.
De ersten Doog leeg ik in een Dreebettstuuv over een Bett weer free. Een Nomeddag as de Besööksttiet to End weer, heff ik to mien Bettnover seggt:
»Wat Se dor erst Ehre Fro vertellt hebbt, dat stimmt jo woll nich so ganz.«
»Wo meen' Se dat denn?«
»Na ja, mi geiht dat jo nix an, over vunwegen över twee Stünn' in' OP, dat weer jo nu doch 'n beten rieklich. Ik heff dat jo genau verfolgt, halvig ölven hebbt se Se hier afholt un halvig twölf legen Se al wedder hier. Wenn man denn noch de Vörbereitungstiet aftreckt un dat wedder herbring'n, denn blifft dor nich mehr as 'n halve Stünn'. Ik mook dor jo nich veel Gewees' vun, over bi mi weer'n dat satte veer Stünn' in OP. Wat hebbt Se denn för 'n Narkos' hatt, örtlich?«
»Nee, nee, ik harr Vullnarkos'.«
»Heff ik mi dacht, ik harr Lokolanästhesie. Ik will jo weten, wat se dor mit mi mookt, dormit ik notfalls noch ingriepen kann. Bi de Vullnarkos' kriggst' jo nix mit. Bi de Lokolanästhesie joogt se

di 'n gewaltige Sprütt in' Rüüch rin. Dat is al mol levensgefährlich, jo, jo, dor kannst' bi hops gohn. Over denn büst du noher de ganze Tiet bi vull'n Verstand. Ik harr de Dokters dat al glieks seggt, datt dat bi mi keen gewöhnlichen Bruch is. Dor wull'n se jo nich op höör'n, bit se dat endlich begrepen harrn, datt dat doch 'n Fraktur is, dor weer dat al meist' to loot. Harr nich veel fehlt un ik weer jem ünner't Mess' afnippelt. Tschä, bi Vullnarkos' harr ik dat all'ns gor nich mitkregen. Stell di vör, merrn in de Operatschoon' müssen se noch 'n Spezialisten koom' loten. Dor gifft dat blots een vun in ganz Norddüütschland. Den hebbt se mit 'n Hubschruber vun Eppendörp inflogen. Hebbt Se denn ok Kanüül'n in de Wunn'?«
»Kanüül'n? Woför sünd de denn?«
»De hett man bi besönners swore Fälle, so as bi mi hier. Kannst' seh'n, de Schläuche, de dor in de Glasbuddels ringoht, de koomt vun de Kanüll'n ut de Wunn'. Dat sünd di villicht Kavenzmänner, kann ik di segg'n, solche Oschi's. Den Schlauch an den Se dor hangt, heff ik glieks aflehnt. Dat is doch blots Ogenwischeree, heff ik to de Dokters seggt. Dat is jo doch blots Soltwoter … kriegt Se dat denn intravenös oder intramuskulär?«
»Soveel ik weet, intramuskulär, dorüm duurt dat ok so lang'.«
»Jo, jo, heff ik mi dacht, dat weer bi mi gor nich erst infroog' koom. Wenn, denn harr ik dat intravenös nohm, dat bringt jo veel mehr. Is over jo ok recht 'n beten gefährlicher, dat mutt man ok mol

segg'n. Woveel Dokters weern denn bi Ehr'n Ingriff mit bi? Denn 'n richtige Operatschoon weer dat jo noch nich.«

»Ik heff doch vun nix wat markt wegen de Vullnarkos'!«

»Och jo, stimmt jo ok, dat is ganz groten Schiet. Kann man jo nix vertell'n noher, in de Familje un in de Firma. Dor kannst du överhaupt nich mitsnacken un jüst Krankenhuus un Operatschoon' is doch dat Thema. Minsch, Minsch, dor weer dat ganze jo totol ümsünst. Ik heff bi mi alleen fiev Dokters tellt, bi twee weer ik nich ganz seker, wegen de Verkledung, Mundschutz un so. De ene sall 'n Professor west sien, na ja un denn noch all' de Swestern. Ik heff wat mitmookt, kann ik di segg'n, dat mookt mi so gau kener no. Ik weet jo, wat de annern bi uns an Stammdisch so för Operatschoon' hatt hebbt. Mol 'n Blinddarm oder villicht nochmol 'n Weisheitstehn, dat weer't denn over ok al. Ok Rud'l-Swoger hett dor nich groot wat bitostüür'n. Ik glööv de hett sik blots mol hitt' Woter över de Hand goten un denn so 'n beten verbrennt, fünften oder sechsten Grades, oder so. Mit sowat kannst' di doch an keen Stammdisch seh'n loten.«

»Segg'n Se mol, Se weet' schienbor jo bannig goot Bescheed hier, wo oft warrt de Verband denn wesselt?«

»Na ja, bi so besönners swore Fälle as bi mi, mehrmols an' Dag. Over in Ehr'n speziell'n Fall warrt he woll nochmol wesselt, wenn Se entloten warrt.

– Übrigens, wat ik man noch segg'n wull, wenn morgen Ehre Fro wedderkümmt, denn köön' Se mienwegen dat Ganze ruhig 'n beten beschönigen un utsmücken, sünst hebbt Se to Huus jo gor nix vörtowiesen. Ik misch' mi dor nich in.«

Un nu?

Wi sünd an't Ovendbroot eten, mien Fro un ik. Dat is still as in de Kark, kener seggt wat. Dat hebbt wi noch so vun fröher, ut de Kinnertiet: ›bi't Eten warrt nich snackt.‹

As wi ferdig sünd froog' ik se: »Wat gifft dat denn in't Fernseh'n hüüt?«

»Vom Winde verweht«, freit Hilde sik.

»Oh Gott, dat hett mi jüst noch fehlt! Dissen schwülstigen Fievstünnmarathon un denn mit de krötige Ollsch. Den Schiet kiek ik mi bestimmt nich an.«

»Denn mußt du solang' rutgohn, ik will dat jedenfalls seh'n, dor frei' ik mi al de ganze Week op.«

»Ik will Liebling Kreuzberg seh'n, dat hett wenigstens Hand un Foot.«

»Dat will ik over nich seh'n, dat geiht nich ümmer blots no di, dat glööv man jo nich.«

»Wenn wi uns nu nich bilütten enig warrt, denn is dien ›Vom Winde verweht‹ vörbi un de Ovend is rüm. Wi mookt dat eenfach so, wi kiekt de erste Hälfte vun dien Südstootenkrimi an un denn de twete Hälfte vun Liebling Kreuzberg, un dormit basta.«

Ik nehm de Fernbedeenung un schalt' den Kasten

in … over wat is dat denn? Dor deit sik nix, keen Bild, keen Ton, nix. Annern Kanol … ok nix. Ik kann noch soveel hen un herschalten, dor röögt sik nix.

»Loot mi mol«, meld' Hilde sik gewichtig to Wort.

Ik kiek se blots mol ganz kott an: »Meenst', datt du dat beter kannst, wat versteihst du al vun Fernseher?!«

»Over du, hä? Hau dor doch mol gegen, villicht hölpt dat.«

»Och wat, sowat güng' fröher mol, bi de ool'n Radio's, hier is nix bi to moken. Is de Steker överhaupt binn', oder hest du dor bi't Stoffwischen wedder an rümramentert?«

Hilde geiht dor gor nich op in.

Endlich geev ik dat op, smiet de Fernbedeenung vergrillt op'n Disch un denn kiekt wi beide recht dumm.

»Un nu?« muult Hilde.

»Wat, un nu?«

»Ik meen, wat mookt wi nu, ohne Fernseh'n, den ganzen Ovend? To'n Tobettgohn is dat noch to fröh'.«

»Jo, dorto is dat noch to fröh'. Wat mookt annere denn, wenn se keen Fernseh'n hebbt? Annerwärts geiht so'n Kist' jo ok mol twei.«

»Villicht leest de!?«

»Lesen? wat leest de denn?«

»Na, villicht 'n Book oder sowat.«

»Narrnkroom, hett doch nich jeder glieks 'n Book

to Huus, wenn de Fernseher verreckt. Meenst' dor packt sik jeder extra 'n Book hen, blots wiel alle Jubeljohr mol de Glotze twei geiht? Lesen! Sowat langwieliges«.

»Man mutt jo nich unbedingt lesen, man kann jo ok snacken.«

»Wieso snacken, över wat sall man denn snakken?«

»Över all'ns mögliche, man kann sik doch ünnerhool'n.«

»Och wat, Tüünkroom! »Weer bi Rud'l-Swoger nich ok mol vör'n Tietlang de Fernseher in dutt?«

»Ik glööv jo, dat is noch gor nich so lang' her.«

»Denn roop doch dien Swester mol an un froog', wat de mookt hebbt, den ganzen Ovend, ohne Fernseher. Man los, roop se mol an.«

Hilde langt sik den Klöönkasten vun't Schapp un wählt ...: »Hertha ... hallo ... ik bün dat, Hilde, ik stöör doch nich? Hebbt ji al eten? Jo? Denn sünd ji nu an't Fernkieken? – Nee? Wieso dat denn nich, is he twei? Aha, un wat mookt ji denn? Aha, un över wat? Is wat passeert? Ahaha ... ahahaha ... na, denn will ik ok nich länger stöör'n' tschüß solang' un grööt Rud'l.«

»Na, wat hett se seggt?«

»Stell di vör, de hebbt den Fernseher gor nich an.«

»Nanu, is de ehr'n ok in dutt?«

»Och wat, de hebbt em gor nich erst inschalt'.«

»Wat seggst du dor, gor nich erst inschalt'? Un denn, wat mookt se denn?«

»De snackt, seggt Hertha.«

»Wat doot se?«

»De snackt un vertellt, se seggt, wenn dor nich recht wat in is, denn blifft dat Schietding ut un denn ünnerhoolt se sik lever.«

»Segg' mol bindst du mi hier een op oder wat? Över wat ünnerhoolt de sik denn? Man kann doch nich den ganzen Ovend snacken. – Over wat hest du erst seggt, lesen? Wi köönt dat jo mol versöken! Wat steiht dor denn överhaupt binn' in so'n Book, meenst', datt dat för uns wat is? Goh' morgen man glieks los un kööp 'n Book, dormit wi wat hebbt, wenn uns dat mol wedder passeert.«

»Tschä, nu weerst' froh, wenn du ›Vom Winde verweht‹ ankieken kunnst, hä? Denk' dor nächstes Mol an, wenn ik mol wedder wat seh'n will, wat di nich paßt'. Dat is ümmer noch beter as in so'n Book rümtoblödern, oder sik to ünnerhooln.«

Angina Pektoris

Ik sitt bi Dokter Bertram in' Warteruum, un will mi jüst övern Illustreerte hermoken, dor kümmt Gustav Paustian rinhumpeln, een Been in Gips. Ik legg' de Illustreerte wedder op'n Disch, goh' Gustav in de Mööt un nehm' em an' Arm. »Koom, Guschi, ganz vörsichtig, een Foot vör'n annern, sooo, hier sett di man hen, langsoom, nich so hastig, ik hool di fast. Nu segg' mi blots mol, wat hest du denn mookt?«

»Och, reine Dusseligkeit, op de Stroot utrutscht un denn ok noch op'n Hunnköd'l, dat mookt dat noch besönners argerlich. Jedenfalls bün ik so richtig saftig op de Snuut full'n.«

»Oha, un wat is dorbi rutkoom?«

»Fraktur, Schienbeenfraktur!«

»Och so, wenn't wieder nix is, ik dach' al du harrst di wat broken, denn geiht dat jo nochmol. Denn hest' jo nochmal Glück hatt.«

»Du Waldheini, een Fraktur is 'n Bruch, du Brootbütel!«

»Jo, jo, dat weet ik ok, over doch keen richtigen.«

»Dat is 'n richtigen, worüm denkst du denn, datt ik den dicken Gips üm heff, hä?«

»Du, dat seggt noch gor nix, Gips kriggst du nu al wegen jeden Schiet. Ede Brinkmann hett Osteoporose oder sowat, den hebbt se den linken Arm ingipst.«

»As Mann Osteoporose? Hest du een op de Luuk oder wat? Du Dämlack dat is 'n typische Froonkrankheit, de hebbt blots de Froonslüüd.«

»Jo, jo, so sühst du ut, dat weer fröher mol, as de Welt noch in Ordnung weer. Over de Tieden sünd vörbi. Siet hier bi uns all'ns dörchnanner geiht stimmt dat nich mehr. Överlegg' doch mol, all'ns wat fröher reine Froonssook weer, mookt nu ok de Mannslüüd. Hest du fröher mol 'n Kerl mit'n Kinnerwogen schuven seh'n? Na also. Hüüt kümmt di alle neeslang een in de Mööt. Hest du fröher mol wat vun den Begriff »Huusmann« höört? Sühstwoll, hüüt is dat de grote Mood', datt de Mann to Huus blifft un de Kinner groot treckt. De Fro geiht op' Arbeit un de Kerl mookt de Huusarbeit. So smiet se sik överall ran, duurt nich lang' un se geevt de Göörn ok noch de Bost. Is dat dor 'n Wunner, wenn se denn ok de Krankheiten vun de Froonslüüd kriegt? Na sühstwoll!«

»Ik weet nich recht, dat kümmt mi doch 'n beten spoonsch' vör, wat du mi dor vertellst. Denn müssen de Froonslüüd jo ok de typischen Männerkrankheiten kriegen, wenn dat stimmt, wat du seggst. Minnestens de Emanzen, de all'ns mitmoken wöllt, wat Männersook is.«

»Na un? Kann doch sien! Kiek doch mol genau hen, vele seht ut as Mannslüüd, se goht un se snackt as Mannslüüd, antrecken doot se sik as Mannslüüd. Ik heff sogor al welke mit'n Boort seh'n, also, worüm söllt se denn nich ok desölven Krankheiten kriegen!?«

»Villicht hest du jo recht, over wat ik man noch segg'n wull, Kuddl Biesterfeld kümmt wohrschienlich glieks ok noch, den heff ik jüst op'n Wekenmarkt dropen.«

»Dat paßt jo goot, wenn dat hier denn noch lang' duurt, köönt wi 'n lütten Skoot speel'n. Wat hett Kuddl denn al wedder? De hett ok jeden Dag wat anners.«

»Diabetis, hett he mi vertellt, dor sitt he al lang' mit to.«

»Sühstwoll, wat heff ik di seggt? To mi hett he güstern seggt, he hett Zucker. Sien Ollsch hett mi vör'n Tietlang ok al mol de Huke vullogen. Dat weer domols as se em in't Krankenhuus den Blinddarm rutnohm harrn. Wat hett se dor för'n Ackerwarrs vun mookt. As ik se op'n Wekenmarkt dropen dee, heff ik se froogt wo Kuddl dat geiht. Rekonvalezent' weer he, hett se mi vörlogen, ik dach' al wunner wat dat is un tein Minuten loter leep he mi in de Arms. Ik segg' di, wat de Lüüd mit ehre Krankheiten op'n Klotz haut, dor is dat End' vun weg. Nülichst hett he mi mol wat vun Angina Pektoris vertellt, de hett he ok, see he.«

»Du büst over ok to dusselig, Angina Pektoris hett he tatsächlich, dat is doch de Ische ut sien Firma, ut de Kantin' ... irgendso'n Utlännerin. Mit de drifft he dat al 'n ganze Tiet, de sall sik man in acht nehm', datt sien Ollsch nich dorachter kümmt, denn warrt he over 'n Schietreis' moken.«

»Du büst doch nich neidisch, oder?«

»Narrnkroom, heff ik dat nödig? Wenn ik will kann ik an jeden Finger 'n Angina Pektoris hebb'n. Over meenst du, ik lehr deshalb noch extra 'n Fremdsprook? Wenn ik fremdgohn will, denn nehm' ik mi 'n Dütsche, komprie? Na also!«

Vernissage

Vör'n Tietlang hebbt wi beide mol so richtig in de Vull'n langt, mien Fro un ik.
Wi hebbt uns 'n nee'e Couchgarnitur gönnt, weer gor nich so eenfach, dat passende to finn'. Passend, meen ik, nich de Farv oder dat Design, as man hüüt dorto seggt. Passend meen ik vun de Grötte her, denn disse Sittmöbel sünd hüüttodoogs so protzig un gewaltig, as wenn de Lüüd all 100 qm grote Wohnstuven hebbt. Wi hebbt dat over liekers schafft, blots an de Folgeschäden harrn wi nich dacht. Unser schönes Schippsbild an de Wand, paßt nu mit'n Mol nich mehr in de Landschaft. Dat weer argerlich. Wenn ik dat wüßt harr ... over nu weer dat to loot, dor mutt wat anneres hen ... over wat?
Lang' hebbt wi rümrätselt, woans wi dat an' besten angohn söllt, denn harr mien Fro de Idee: »Weeßt' wat? Wi goht mol in de Kunsthalle un kiekt dor erstmol so'n beten rüm un loot uns inspirier'n.«
»Wat loot wi uns? Goh' blots 'n beten vörsichtig mit solche neemoodschen Wörr' üm.«
»Wi bruukt jo nich unbedingt in de Kunsthalle to gohn, een Vernissage deit dat jo ok, dorvun gifft dat an jede Eck een.«

»Segg' mol, schoomst du di gor nich? Vernisasch! Wat is dat denn för 'n unanstänniges Wort? Igitt! So'n Wort, mit Asch an' End'!«
Intwüschen heff ik 'n Barg dorto lehrt, ok, datt Vernissage nix unanstänniges is.
Wi also erstmol los, blots rümkieken un ... wo heet dat? Wat hett se seggt? Och so ... inspirier'n loten. Dat gifft Biller, segg' ik di, dor kannst' di an Kopp foten. Ik weet nich mehr woveel Mol ik mien Fro froogt heff: »Segg' mol is de farvenblind, de dat tosoomkliestert hett?«
Wenn dat nämlich so is, mutt man Verständnis dorför hebb'n ... dat steiht sogor in unser Grundgesetz, wegen sien Behinderung dörf kener benodeligt warrn. Over köpen mutt ik so'n Smeerkroom dorüm jo noch lang' nich.«
Over den Hals verrenkt heff ik mi, dat kann ik di segg'n. Wat dor so in de Verni ... na, du weeßt al, ik mag dat Wort ümmer noch nich utsnacken, over wat dor so rümhangt, dat glöövst du nich.
Du weeßt mitünner ok nich of dat op'n Kopp hangt. Wat dat sien sall, wat de Künstler dor op de Linnwand kliestert hett, dat kriggst du sowieso blots rut, wenn du di 'n Katalog köffst oder een froogst, de dor de Opsicht hett. Blots de sünd ok nich mehr vun disse Welt. Dor geiht dat nämlich erst richtig los, dor hörst oder leest du denn »von der blauen Schaffensperiode des Künstlers«. Un dat is nichmol sooo verkehrt, wenn du genau henkickst, mutt de ok besopen west sien, as he dat tosoompütschert hett.

Ik kann di segg'n, wat ik in de Tiet all'ns höört un lehrt heff över Kubismus, Dadaismus, Surrealismus, Fetischismus, dat geiht op keen Kohhuut. Over ik heff in all de Weken nich een Bild seh'n op dat to erkenn' weer, wat dat sien sall.
So güng' dat'n poor Weken, mi brumm' de Schädel 'n stieven Hals harr ik ok vun all de Verrenkungen un endlich harr ik de Nees vull.
»Weeßt' wat«? heff ik to mien Fro seggt, »wenn ik bi jedes Bild erst frogen mutt, wat dat sien sall, un wenn ik erst weten mutt, wat de Herr Künstler, de sowieso ut'n annere Welt is, wat de bi't Mool'n föhlt un dacht un empfunn' hett oder of he blots ganz schlicht besopen weer, wenn ik erst weten mutt, of dat ut sien gele, gröne oder graue Phase is, of he, as he dat moolt hett in de Pubertät oder al in de Wesseljohr'n weer … wenn ik dat erst all'ns weten mutt, üm to begriepen worüm de Ollsch op dat Bild de Nees nich in't Gesicht hett un een Oog op'n Rüüch, wenn ik nich erkenn' kann, of dat de Boos oder 'n Ohr is, wat de dor an' Kopp hett, denn is dat för mi to hoch. Bi mi mutt 'n Perd ümmer noch as'n Perd utseh'n, een Schipp as'n Schipp un'n Huus as'n Huus, mit so'n Kliesterkroom kann ik nix anfang'. Wenn dat Kunst is, wat du mi hier all'ns tomoot' hest, denn will ik geern togeven, datt ik vun Kunst nix verstoh'.«
Sühstwoll, un sietdem hangt unser schönes Schippsbild wedder an de Wand, över de Couch un ik bruuk keen' to verkloor'n, wat dat sien sall!

Alpdroom

Vergang'ne Nacht harr ik 'n Alpdroom, een ganz gräsigen Alpdroom, ik fleeg' noch an Hann' un Fööt, wenn ik dor an denk.
Ik stünn' vör Gericht as Hauptangeklagter. De Gerichtssool weer over keen gewöhnlichen Gerichtssool, överall stünn' Computers, PC's un Roboter in de Gegend rüm un de Deek hung' vull vun Handy's, Faxgeräte un Anroopbeantworter. Sünst keen Minsch, ik ganz alleen, merrn in den Gerichtssool, in gestreiften Antog un 'n gestreiftes Käppi op'n Kopp un denn reep mi een lude Stimm: »Angeklagter Timm vörtreden!
Du weeßt worüm du hier vör Gericht steihst?«
»Nee!«
»Och nee, he weet dat nich, naja, dat warrt wi glieks ännern! Hier liegt 'n godes Dutzend Anzeigen gegen di vör. Opstanoschität, Querulanz, Weltfremdheit, totol untietgemäßes Verhool'n, fortschrittsfeindliche Allür'n. – Wat hest du dorto to segg'n, hä?
Also gor nix! Köönt wi also glieks in de Hauptverhandlung intreden, datt du hier ünner Eid steihst, bruuk ik di jo woll nich erst to vertell'n. Du hest also jede Froog wohrheitsgemäß to beant-

worten, ok wenn du di dor sölvst mit belasten deist, kloor!? – As erstes 'n poor Frogen bezüglich dien nähere Ümgevung: Hest du to Huus elektrisches oder Gaslicht?«
»Elektrisch, kloor!«
»So kloor is dat gor nich, as sik hier bald rutstell'n warrt. Hest du 'n Köhlschapp in dien Wohnung?«
»Sölvstverständlich heff ik 'n Köhlschapp.«
»De Wertung kannst du di hier spoor'n, hier bi uns genöögt jo oder nee, kloor?
Also wieder, wenn di ener anropen deit 'n Fründ oder 'n Verwandten woneem geiht dat vör sik? Wenn dat bimmelt?«
»Ganz eenfach, je nodem wo ik jüst bün, in de Köök oder in de Sloopstuuv, denn goh' ik no de Stuuv rin, nehm' den Hörer af un mell' mi.«
»So, ganz eenfach nömst du dat, hä? Villicht kannst du uns dien ... dien Telefon oder as dat Dings heet mol 'n beten neger verkloor'n?«
»Naja, dat is 'n grau'n Kasten, Hörer quer röver, so'n Kobelspirool ...«
»Aha, un denn mit Tasten, oder?«
»Nee, nee mit'n Dreihschiev to'n wähl'n.«
»Kiek mol an, sogor al mit'n Dreihschiev un dormit kann man telefoneer'n? Naja, wat is over nu, wenn di ener anröppt un du büst nich to Huus? Kann jo mol passeer'n, oder?«
»Denn mutt he dat noher nochmol versöken, solang' bit he mi foot hett.«
»Bit he di foot hett, aha! Hett jo ok jeder soveel

Tiet ümmer wedder bi di antoropen, bit den Herrn dat mol paßt, to Huus to sien. Hest du al mol wat vun Anroopbeantworter höört, hä? – Hest du ’n Auto?«

»Kloor, al lang’.«

»So kloor is dat bi di ganz seker nich, woll ’n geschmuggelten Trabbi ut de Ostzone, hä? Also wieder, wat hest du för Bildschirmgeräte in de Wohnung?«

»Oh, dor bün ik ganz un gor up to date. Mien Fernseher is noch nichmol fiev Johr oolt un mit Kobelanschluß, wenn dat denn mol kümmt.«

»Seh’n Se mol an, he hett Fernseh’n in de Wohnung un womöglich alle dree Programme, Jungedi, Jungedi! – Mien Geduld is glieks to End, ik wull weten of du ’n PC hest, un wenn jo, wat för een, mit Scaner, Internet, E-mail, Printsurf un Maus und, und, und? Schweigen im Walde, hä! Wohrschienlich is dien eenzige Klock in de ganze Wohnung noch to’n optrecken, mit Gewichte. Vun CD-Player ok noch nie wat höört, bi di leiert noch de ool’n Schellackplatten, heff ik recht?

Wi köönt nu ok ruhig ophool’n, HiFi, FAX, Quarzuhr köönt wi uns spoor’n.

Wi hebbt dat hier mit een eklatanten, exorbitanten Fall vun Weltfremdheit un technische Verkümmerung to doon. Noch irgendwelche Frogen?

Also nich! Denn koomt wi nu to de Urdeelsverkünnigung, stoh’ gefälligst op un nehm’ de Hann’ ut de Tasch. Also, de Angeklogte leevt hier nowieslich as op’n Mond, un sowat köönt wi hier

nich bruken, hier op de Eer in unsen Fortschritts-wohnstoot, in unse medienorientierte Welt. Dat Urdeel is glieks to vollstrecken op de Stee. De Angeklogte warrt no'n Mond schoten woneem he hengehöört! Achtung Raketen zünden!
De Verhandlung is sloten!«

Pund op Pund

Wenn mien Fro un ik Sünndoogs to'n Kaffeedrinken bi mien Modder sünd, heff ik nix to bestell'n, den Nomeddag bün ik afmeld'. Höchstens, wenn se mi bi'n Wickel hebbt, warr ik nochmol wohr noom.

Womöglich wenn vun't Eten snackt warrt, denn duurt dat nich lang' un ik bün an de Reeg. Wat för'n krüschen Heini ik bün, datt man mi nix recht moken kann, an all'ns hett he wat to nörgeln. Un wo de beiden sik denn enig sünd. Mien Fro bruukt blots to segg'n: ›Swattsuur itt he nich', ›he‹! Dat bün ik! Denn kümmt prompt vun mien Modder: »Dat kann ik mi denken, so weer he fröher as Kind al. Du glöövst nich, wat dat för'n krüschen Deubel weer, nix weer em goot noog. Bi den müß' dat ümmer all'ns vun' ersten End' sien. Wenn dat bi den nich jeden Dag Klüten oder Pannkoken geev, hett he 'n dick' Gesicht mookt. Een Fliep trocken bit an de Ohr'n.«

Wenn se ›he‹ seggt, denn weet ik al Bescheed, denn mutt ik mi warm antrecken, denn warr ik mol wedder platt mookt.

Wat ik för'n Gnegel bün, wat för'n Gritzmichel ik sien kann.

Jo, jo, fröher, as Kind, weer ik al so'n Unband, mit mi weer nix optostell'n. So geiht dat bit to'n Kaffeedrinken, denn bün ik erstmol ut de Schußlin'. Denn warrt erstmol all'ns stünnlang besnackt.
No den ersten Sluck Kaffee stöhnt mien Fro tofreden: »Hmmm, so'n Tass' Kaffee is doch to un to schöön. Hest du'n annere Sorte hüüt?«
»Joo, hest' dat markt?«
»Tüürlech, sowat mark ik sofort.«
»Ik dach', nümmst mol 'n annern ... Tchibo Gold harr ik nu al so lang', Eduscho bruukst ok nich mehr to köpen, dat hett Tchibo jo övernohm. Erst heff ik jo noch Eduscho nohm, over de denkt woll ik mark dat nich, datt dat nu Tchibo is, ha, mit mi doch nich. Jacobs is mi to düür, dat seh' ik jo gor nich in, gifft jo noch annere. De Aldi Kaffee sall jo ok Markenkaffee sien, heff ik höört. Ik bün blots noch nich dorachter koom, of dat Tchibo oder Jacobs is, over dat krieg' ik noch rut. Wenn dat man nich dat tosoomgefeegte is, ik' heff dat bannig op'n Kieker.«
Wenn se mit den Kaffee dörch sünd, is de Koken an de Reeg: »Hmmm, so'n Blätterdeeg is jo 'n Gedicht, wo mookst du dat blots, datt du den ümmer wedder so schöön henkriggst?«
»Dat is'n ganzen Barg Arbeit, mien Deern, ümmer nochmol wedder kneden un denn utrull'n, dor kriggst' lohme Arms vun, dat kann ik di segg'n. Over Hauptsook he smeckt di, denn hett sik dat jo lohnt.«
Of disse Plusterkroom mi smeckt, dor warrt gor

nich no froogt. Mien Platz süht ut as'n Discherwarkstee, op'n Disch un ünnern Disch all'ns vull Soog- un Hobelspöön. Wenn du in dissen Blöderdeeg, oder wo de Törf heet, rinbittst, oder mit de Gobel rinstickst, fleegt de Fetzen man so dörch de Gegend. Dat mutt nu over nich unbedingt Blätterdeeg sien, bi den de beiden de Ogen verdreiht. Sandpuffer deit dat ok. Wenn dat Sandpuffer gifft, warrt de jüstso besnackt. Wo schöön locker he doch wedder worrn is ... jo, jo, dat kümmt natürlich vun de Eier, dor dörf man nich an spoor'n, lever 'n poor mehr, ok nich mit de Botter knickern, ümmer 'n Klacks mehr. Un Zucker, Pund op Pund. Jo, jo, dat is doch ganz wat anners as de vun' Bäcker.
Ik sitt hölplos dorbi, mutt to een Stück vun den Sandpuffer fiev Tassen Kaffee drinken, dormit dat nich gor to dull stüfft.
Ik kann di segg'n, so'n Kaffeestünn' mit de beiden hett dat in sik. Een verkehrtes Wort un ik stoh' in't Krüüzfüür, denn geiht dat vun beide Sieden: »Sie du blots ruhig, du hest dat jüst nödig« un denn vertellt een vun de beiden wedder irgendwat, wat ik mi vör fofftig Johr mol leist' heff.
Nülichst erst, froog mien Fro ehre Schwiegermodder: »Heff ik di egentlich al mol vertellt, wo dien Söhn mi domols 'n Heiroodsandrag mookt hett?« – Paß' op, wi wohnten jo jeder op'n möbliertes Zimmer, wegen de Sittlichkeit un so. Dat woor domols jo noch bannig genau nohm. – Een Ovend, as he mi no Huus bröcht hett, dien

Söhn, hett he mi blots ganz bileifig froogt, of wi nich heiroden wöllt, denn kunn wi jo een Zimmermiete spoor'n, dat is dien Söhn! Un ik heff ok noch ›jo‹ seggt!«
Datt ik an so'n Nomeddag blots in vulle Deckung un froh bün, wenn dat endlich wedder no Huus geiht, kannst' di woll denken, oder?